百年文学主流小说大系

总主编 张清华
本册主编 翟文铖

十五棵向日葵

激流与成长
"十七年"的革命历史小说

山东城市出版传媒集团·济南出版社

图书在版编目（CIP）数据

十五棵向日葵 / 徐怀中等著 . — 济南 : 济南出版社，
2022.1
（百年文学主流小说大系 / 张清华，翟文铖主编）
ISBN 978-7-5488-4943-8

Ⅰ . ①十… Ⅱ . ①徐… Ⅲ . ①中篇小说—小说集—
中国—当代②短篇小说—小说集—中国—当代 Ⅳ .
① I247.7

中国版本图书馆 CIP 数据核字 (2022) 第 001735 号

百年文学主流小说大系·十五棵向日葵
本册主编：翟文铖

责任编辑：宋涛 姜天一
装帧设计：牛钧

出版发行：济南出版社
编辑热线：0531-82772895
地址：山东省济南市二环南路 1 号
印刷：济南新科印务有限公司
版次：2022 年 1 月第 1 版
印次：2022 年 1 月第 1 次印刷
成品尺寸：148mm x 210mm 1/32
印张：7.25
字数：161 千字
印数：1—5000 册

定价：56.00 元

如有印装质量问题，请与出版社出版部联系调换
电话：0531-86131736

总序

　　自从 1918 年 5 月 15 日 4 卷 5 号的《新青年》上刊载了现代中国第一篇白话小说《狂人日记》至今，新文学已走过了百余年历史。百年以来，新文学始终与现代中国社会历史的风云变迁相互交织激荡，从启蒙到救亡，从民族解放到社会变革，所有重大的事件、历史的转折，还有这一切背后的精神流变，都在文学中留下了生动的印记。

　　因此，本套丛书的出版目的，即是要通过对经典作品的系统梳理，完整而形象地再现这一过程，展示其历史与精神景观。每篇作品都承载着一段民族记忆：或是一个历史的瞬间，或是一个生活的小景，或是一朵思想的火花，或是一道情感的涟漪，但这一切都与大历史的变迁息息相关，都与社会进步的洪流汇通呼应。

　　为了尽量完整地呈现这种历史感，我们按照时间线索，依循文学史演变的轨迹，选择了若干重大的现象，它们或属文学流派，或是文学运动，总之都是百年新文学中最接近于社会主流运动的部分，故称之为"百年文学主流"。这一名称，得自丹麦文学史家勃兰兑斯的《十九世纪文学主流》的启示，同时也贴合着百年新文学的实际。

这套丛书的定位是普及本，阅读对象首先是普通读者、文学爱好者，包括广大学生读者，其次才面向专业研究人员。因此，主题内容上的积极健康是我们选编持守的一个基本标准。选文尽力容纳每个时代最具代表性的作品，因为它们更多承载着时代的主导价值和进步的精神追求，且能让我们以最直观的方式感受到历史跳动的脉搏。

除了上述要求外，最能体现本丛书编选特色的，是我们还特别关注作品的艺术性和可读性。尽管是"主流"，但绝不意味着对于艺术标准的忽略。同样是某一时期的作品，我们会尽量选取那些艺术上更为成熟和讲究的，如孙犁的《铁木前传》、宗璞的《红豆》、王蒙的《组织部来了个年轻人》这些脍炙人口的名篇；甚至还有一些特别富有艺术探索倾向的作品，像魏金枝的《制服》、萧红的《手》、端木蕻良的《爷爷为什么不吃高粱米粥》、萧平的《三月雪》等，都采用了儿童的叙事视角，通过对视野的限制和陌生化处理，使叙述显得更富有诗意。

正是因为对艺术标准的注重，这套丛书还选入了一些相对"另类"的篇目，在其他普及本中难得一见。如洪灵菲的《在木筏上》、曾克的《女神枪手冯凤英》、秦兆阳的《秋娥》、徐怀中的《十五棵向日葵》、海默的《深山里的菊花》等等，不一而足。这些作品要么在人物与故事上更加新奇，要么在风格上更为独特和陌生，总之都会给读者带来更新鲜的体验。

长篇小说是"百年文学主流"中的砥柱之作，但篇幅所限，无法像中短篇那样尽行选入，只能在今后该丛书的其他分类卷次中一一展现。

丛书以历史的流变和风格的趋近为划编依据，分为以下10卷：

《天下太平》　　　普罗文学与"左联"小说

《没有祖国的孩子》　"东北作家群"小说

《暴风雨的一天》　　抗战时期的"左翼"小说

《喜事》　　　　　　解放区的翻身小说

《一颗未出膛的枪弹》解放区的战争小说

《喜鹊登枝》　　　　"十七年"的合作化小说

《十五棵向日葵》　　"十七年"的革命历史小说

《明镜台》　　　　　"十七年"的探索小说

《第十个弹孔》　　　新时期的反思小说

《阵痛》　　　　　　新时期的改革小说

　　将"东北作家群"独立编为一卷，是有特别的考虑。早在九一八事变以后，东北作家群已开始了四处漂泊的生活，创作出大量以悲情怀乡与抗日救亡为主题的作品，这应该是中国最早的"抗战文学"了。这个作家群后来与"左翼"作家非常贴近，萧军、萧红等深受鲁迅影响，亦是人所共知的事，因此，他们又被视为"左翼"创作的重要力量。将他们单列出来，除了因为其作品数量庞大，当然也是为了凸显该作家群的渊源与风格的独特性。

　　另外还需交代的，是每卷前面有一个编选序言，简要说明了该卷所涉作品的总体倾向、艺术特点、文学史地位等。每篇作品均配有一个简要的导读，分"关于作家"和"关于作品"两个部分。"关于作家"是一个作家小传，介绍作家的生平和创作简历；"关于作品"则主要介绍所选作品的思想艺术价值。所有导读文字，力图做到学术性和通俗性的结合，以让中学生和普通读者能够读懂。

至于文本版本的选定，原则上原始版本（初刊本或初版本）优先，亦选用"新文学大系"等权威选本中的文本，还有作者本人声明的定本或其他善本。每卷的字数大体均衡，约为 16～18 万字。此外，为保持作品原貌，使读者更易对写作时代的特点和笔触的风格产生深刻理解，对其中与现代用法不尽一致的字词暂做保留。

本丛书的编选者，或在高校任教，或在研究机构任职，或在国内外修读博士，但都是专门从事中国现当代文学专业研究的学者。依照本套丛书的选编顺序，编者们的具体分工如下：第一卷和第二卷由周蕾负责编撰，第三卷由黄瀚负责编撰，第四卷和第七卷由翟文铖负责编撰，第五卷由施冰冰负责编撰，第六卷由张高峰负责编撰，第八卷由刘诗宇负责编撰，第九卷由薛红云负责编撰，第十卷由陈泽宇负责编撰。

成书之际，适逢建党百年。百年风云舒卷，百年洪流激荡，百年文学亦堪称硕果累累。作为这一"主流"的一个汇集，一个展示，足以令人心潮澎湃。愿此书能够给亲爱的读者们带来一份慰藉，一份喜悦。

张清华　翟文铖

2021 年 6 月 8 日，于北京师范大学京师学堂

序

中华人民共和国的建立，意味着中国人民从长期的内乱中解放出来，意味着自鸦片战争以来中国人民百年被殖民国家侵略和欺辱的历史终结！这一切，确实值得深深地铭刻在历史之中。新中国成立后的十七年间，即1949—1966年，涌现出数量众多的革命历史小说，实出于内在的必然逻辑。

其中，篇幅最多、影响最大的是描写中国共产党革命历史的作品。那是一个无比壮阔的时代，作家们感受到不用浩繁的篇章不足以表现历程的艰难、牺牲的悲壮和人民的智慧，不用浩繁的篇章不足以表现那段历史的重量，因此长篇小说数量极大。具体作品有：梁斌的《红旗谱》、罗广斌和杨益言的《红岩》、吴强的《红日》、杨沫的《青春之歌》、杜鹏程的《保卫延安》、曲波的《林海雪原》、欧阳山的《三家巷》、刘知侠的《铁道游击队》、柳青的《铜墙铁壁》、刘流的《烈火金刚》、冯志的《敌后武工队》、李英儒的《野火春风斗古城》、冯德英的《苦菜花》《迎春花》、高云览的《小城春秋》、雪克的《战斗的青春》、孙犁的《风云初记》等等。但由于篇幅限制，我们未能选取。

本卷编选的是部分中短篇小说。多少年以来，人们街头巷尾谈论的基本上都是那些长篇小说。但从艺术价值上看，那些较少被提及的中短篇小说毫不逊色，不仅在内容上多有开拓之处，而且在叙述方式上也有所探索。

部分作品属于成长小说，表现的是主人公在生活或革命历程中不断成长。央金（刘克《央金》）的成长极为神奇，动因来自恋人留下的思想种子。小说的情节是这样的：木匠扎西顿珠爱上了奴农央金，想带她一起逃走，但央金认为自己不能背叛主子，拒绝了他。扎西顿珠无奈地独自离开，参加了革命军队。他留给央金的不仅有在子宫中孕育的女儿，还有在她心灵的深处孕育着的反抗思想。这思想种子不断被现实浇灌，不断生长，最终促使她摆脱了奴农的忠顺观念，走向了追求自由与抗争的道路。收黎子（茹志鹃《三走严庄》）由一个老实的农妇，到土地改革的积极分子，到经历儿子被杀害这样痛苦的淬炼，再到独立带领妇女们为前线战士送军粮，在革命事业中由一个家庭妇女成长为一个英雄。

这个时代的作品不仅关注革命者的成长，而且也关注下一代的成长，提出了革命传统如何继承的问题。萧平的《三月雪》是此类作品的典范，前半部分写刘云如何带着女儿小娟在一个落后的村庄里发动革命群众；后来，刘云牺牲了，但故事并未结束，作者又花费了相当的篇幅写出了小娟如何向作为烈士的母亲看齐，不断克服缺点健康成长的。这样，作品的主题就深化了，变成了下一代继承革命传统健康成长的启示录。

成长并非一个不断得到的过程，有时也难免伴随失去的过程。张玉克（刘真《英雄的乐章》）是一个战斗英雄，但是，他却有艺术家气质，有着渊博的知识和视野，真正的理想是成为一名音乐家。他具有超出常人的音乐天赋，尽管还那么年轻，可是只要拿起指挥棒，他就可以指挥千军万马。张玉克与"我"的那种感情也是极为美好的——由朦胧到清晰，伴随着成长的过程，音乐一般地流淌着。音乐和爱情，会让人生变得何等柔美！战争让他成长为一名战斗英雄，充满阳刚之气，无比崇高。但是，战争终止了张玉克的生命，也终止了他的理想与爱情。这个作品写出了成长，也写出成长中的失去，带有悲壮的色彩。读罢这个作品，读者或许会产生这样的想法：远离战争，珍爱和平，世界本该更美好！

文学作品写出人与人之间真挚的情感，才能真正打动人。"十七年"的革命历史小说是非常重视感情维度的：有的作品表现军民的鱼水之情，有的作品表现革命同志之间真挚友谊，有的作品则表现爱情。

写军民鱼水情的作品数量也很多。万妞（菡子《万妞》）是烈士遗孤，收养她的詹老爹一家完全把她当成亲骨肉，百般宠爱；但是为了她的前程，又决定送她到芜湖军区子弟学校就读——作品把理性与情感之间的纠结表现得淋漓尽致。农民的女儿丑儿（海默《深山里的菊花》）与八路军寄养在她家的孩子小文子青梅竹马，感情甚笃。为保护小文子心爱的菊花，丑儿竟然正面对抗敌人，结果遭到杀害。为了安全护送两位革命干部，陈大爷（峻青《黎明的河边》）的妻子和两个儿子献出了生命。革命群众的觉悟非常高，对党的忠诚超越了亲情，为了革命事业的成功甘愿献出了自己的亲人。一位素不相识的战友牺牲了，因为这名战士与曾司令（王愿坚《亲人》）同姓同名，战友的父亲误以为曾司令就是他的儿子。曾司令将错就错，认下并赡养了这位父亲。这个作品有对军民鱼水情深的颂歌，也是战友之间的革命情谊的赞歌，充满了伦理色彩。茹志鹃的《同志之间》从老张、小周、老朱日常生活中微末的恩怨写起，最终写出的却是战友之间深厚的感情。

无论是军民的鱼水之情，还是战友之间的深情，这些作品总是拿家庭成员之间的情感作比。

很多作品还涉及爱情问题，写得最动人的都是那种自然的、朦胧的、美好的爱情。张玉克（刘真《英雄的乐章》）与"我"的感情并不纯然是革命战友之间情谊，也有爱情的成分在里面。当张玉克从敌人的囚禁中逃脱出来接受审查的时候，他竟然偷偷跑来远远看"我"。这当然不是一般意义上的探望，其中自然也承载着爱情。红军战士陈再（徐怀中《十五棵向日葵》）和周月荣之间的恋爱关系越来越清晰，长征路上，周月荣因为生病被迫安置到民间，自此两人天涯海角。周月荣每年都栽种陈再留下的向日葵，用以纪年，盼望着红军和陈再能够凯旋。革命胜利后，陈再主动要求到藏区工作，到处寻找周月荣。各自的行动里，都包含着对那段美好爱情的无限缅怀。乡村姑娘小胜儿（孙犁《小胜儿》）不但治好了小金子受伤的身体，也治好了他心灵的创伤，靠的就是他们背后隐藏的青梅竹马的爱情。

"十七年"革命历史小说的若干中短篇作品在叙事方式上带有一定的探索性，我们绝不能先入为主地认为那个时代的作品在艺术上都十分贫乏。萧平的《三月雪》主要表现革命者刘云的经历，但是运用了儿童视角，通过小娟的眼睛看世界，由此带来的好处是叙事极为简省、含蓄，具有一定的陌生化效果。实际上，从总体上看，这个作品采用了多个视角。徐怀中的《十五棵向日葵》中的向日葵，带有象征意义。周月荣作为一名红军战士，就像向日葵永远指向太阳那样，她的心永远信仰光明；一袋葵花籽本是男友陈再作为珍贵的食物留下的，但是她却没有吃，而是作为种子留存了下来——爱情和友谊被她看得比生命更重要。海默的

《深山里的菊花》也有一个主导性的象征意象，那就是菊花。丑儿为保护菊花而死，菊花是贯穿情节的重要道具。菊花本身具有多重寓意：是冷酷环境中人民不屈精神的象征，是军民之间胜似亲人的关系的象征，是两个孩子之间纯洁友谊的象征，还是丑儿纯洁生命的象征。

编　者

目录

吴召儿

孙犁

【关于作家】

孙犁（1913—2002），笔名芸夫、林冬苹等，河北安平人。12岁便开始接受"五四"新文学，受鲁迅和文学研究会影响巨大；1926年考入保定育德中学；高中毕业后，在北京市政机关和小学当过职员；1936年在冀中安新县同口镇小学任教。全面抗战爆发后，在晋察冀边区从事抗日文化工作。1944年奔赴延安，在鲁迅艺术文学院（原鲁迅艺术学院，1940年更名）工作和学习；1945年发表《荷花淀》《芦花荡》等作品，引起文坛关注，被誉为"荷花淀派"创始人；抗战胜利后在冀中农村写作。中华人民共和国成立后，孙犁在《天津日报》任主编，历任全国文学艺术界联合会委员、中国作家协会理事等。主要作品有长篇小说《风云初记》，中篇小说《铁木前传》，短篇小说集《白洋淀》《荷花淀》《采蒲台》《嘱咐》，小说散文集《白洋淀纪事》等。

【关于作品】

吴召儿是一位小姑娘，周身散发着朝气和力量。她着装非常鲜亮："穿着一件红棉袄，一个新鲜的白色挂包，斜在她的腰里，装着三颗手榴弹。"红色的寓意是热情，白色是纯洁快乐的象征；装着手榴弹，则赋予了她英武之气。"女孩子站在小河路口上还在整理她的挂包，望望我来了，她一跳两跳就过了河"，极言她充满活力，动作矫健；"我抬头一望，她飞起一块石头，那颗枣儿就落在前面地下了"，表明她动作极准，可见她的敏捷。"她爬得很快，走一截就坐在石头上望着我们笑，像是在这乱石山中，突然开出一朵红花，浮起一片彩云来"，"红花"和"彩云"都是鲜活而美丽的形象。敌人追上来了，她成竹在胸，指挥若定："'你去集合人，叫姑父带你们转移，我去截兔崽子们一下。'她在那乱石堆中，跳上跳下奔着敌人的进路跑去。"她让别人撤离，而自己则去截击敌人，置个人安危于不顾。为了隐蔽自己，"她已经把棉袄翻过来。棉袄是白里子，这样来，她就活像一只逃散的黑头的小白山羊了"。她的这身打扮让她混在羊群中而难以辨别，非常机智。最后，战士们听到她"连续投击的手榴弹爆炸的声音"，说明她临危不惧。这形象不同于传统以温柔为美的女性形象，而是一种健康、乐观、勇敢、活力四射的形象，也不乏女性特有的美丽。

得胜回头

　　这二年生活好些，却常常想起那几年的艰苦。那几年，我们在山地里，常常接到母亲求人写来的信。她听见我们吃树叶黑豆，穿不上棉衣，很是担心焦急。其实她哪里知道，我们冬天打一捆白草铺在炕上，把腿舒在袄袖里，同志们挤在一块，是睡得多么暖和！她也不知道，我们在那山沟里沙地上，采摘杨柳的嫩叶，是多么热闹和快活。这一切，老年人想象不来，总以为我们像度荒年一样，整天愁眉苦脸哩！

那几年吃得坏，穿得薄，工作得很起劲。先说抽烟吧：要老乡点兰花烟和上些芝麻叶，大家分头卷好，再请一位有把握的同志去擦洋火。大伙围起来，遮住风，为的是这唯一的火种不要被风吹灭。然后先有一个人小心翼翼地抽着，大家就欢乐起来。要说是写文章，能找到一张白报纸，能找到一个墨水瓶，那就很满意了，可以坐在草堆上写，也可以坐在河边石头上写。那年月，有的同志曾经为一个不漏水的墨水瓶红过脸吗？有过。这不算什么，要是像今天，好墨水，车载斗量，就不再会为一个空瓶子争吵了。关于行军：就不用说从阜平到王快镇那一段讨厌的砂石路，叫人进一步退半步；不用说雁北那蹚不完的冷水小河，蹚不住的冰滑踏石，转不尽的阴山背后；就是两界峰的柿子，插箭岭的风雪，洪子店的豆腐，雁门关外的辣椒杂面，也使人留恋想念。还有会餐：半月以前就做精神准备，事到临头，还得拼着一场疟子，情愿吃得上吐下泻，也得弄它个碗净锅干；哪怕吃过饭再去爬山呢！是谁摘过老乡的辣椒下饭，是谁用手榴弹爆炸河潭的小鱼？哪个小组集资买了一头蒜，哪个小组煮了狗肉大设宴席？

留在记忆里的生活，今天就是财宝。下面写的是在阜平三将台小村庄我的一段亲身经历，其中都是真人真事。

民　校

　　我们的机关搬到三将台，是个秋天，枣儿正红，芦苇正吐花。这是阜平东南一个小村庄，距离有名的大镇康家峪不过二里路。我们来了一群人，不管牛棚马圈全住上，当天就劈柴做饭，上山唱歌，一下就和老乡生活在一块了。

　　那时我们很注意民运工作。由我去组织民校识字班，有男子组，有妇女组。且说妇女组，组织得很顺利，第一天开学就全到齐，规规矩矩，直到散学才走。可是第二天就都抱了孩子来，第三天就在课堂上纳起鞋底，捻起线来。

　　识字班的课程第一是唱歌，歌唱会了，剩下的时间就碰球。山沟的青年妇女们，碰起球来，真是热烈，整个村子被欢笑声浮了起来。

　　我想得正规一下，不到九月，我就给她们上大课了。讲军民关系，讲抗日故事，写了点名册，发了篇子。可是因为座位不定，上了好几次课，我也没记清谁叫什么。有一天，我翻着点名册，随便叫了一个名字：

　　"吴召儿!"

　　我听见嗤的一声笑了。抬头一看，在人群末尾，靠着一根白杨木柱子，站起一个女孩。她正在背后掩藏一件什么东西，好像是个假手榴弹，坐在一处的女孩子们望着她笑。她红着脸转过身来，笑着问我：

　　"念书吗?"

　　"对! 你念念头一段，声音大点。大家注意!"

她端正地立起来，两手捧着书，低下头去。我正要催她，她就念开了，书念得非常熟快动听。就是她这认真的念书态度和声音，不知怎样一下就印进了我的记忆。下课回来，走过那条小河，我听到了只有在阜平才能听见的那紧张激动的水流的声响，听到在这山草衰白柿叶霜红的山地，还没有飞走的一只黄鹂的叫唤。

向　导

十一月，老乡们披上羊皮衣，我们反"扫荡"了。我当了一个小组长，村长给我们分配了向导，指示了打游击的地势。别的组都集合起来出发了，我们的向导老不来。我在沙滩上转来转去，看看太阳就要下山，很是着急。

听说敌人已经到了平阳，到这个时候，就是大声呼喊也不容许。我跑到村长家里去，找不见，回头又跑出来，才在山坡上一家门口遇见他。村长散披着黑羊皮袄，也是跑得呼哧呼哧，看见我就笑着说：

"男的分配完了，给你找了一个女的！"

"怎么搞的呀？村长！"我急了，"女的能办事吗？"

"能办事！"村长笑着，"一样能完成任务，是一个女自卫队的队员！"

"女的就女的吧，在哪里呀？"我说。

"就来，就来！"村长又跑进那大门里去。

一个女孩子跟着他跑出来。穿着一件红棉袄，一个新鲜的白色挂包，斜在她的腰里，装着三颗手榴弹。

"真是，"村长也在抱怨，"这是反'扫荡'呀，又不是到区里验操，也要换换衣裳！红的目标大呀！"

"尽是夜间活动，红不红怕什么呀，我没有别的衣服，就是这一件。"女孩子笑着，"走吧，同志！"说着就跑下坡去。

"路线记住了没有？"村长站在山坡上问。

"记下了，记下了！"女孩子嚷着。

"别这么大声怪叫嘛！"村长说。

我赶紧下去带队伍。

女孩子站在小河路口上还在整理她的挂包，望望我来了，她一跳两跳就过了河。

在路上，她走得很快，我跑上前去问她：

"我们先到哪里？"

"先到神仙山！"她回过头来一笑，这时我才认出她就是那个吴召儿。

神仙山

神仙山也叫大黑山，是阜平最高最险的山峰。前几天，我到山下打过白草；吴召儿领导的，却不是那条路，她领我们走的是东山坡一条小路。靠这一带山坡，沟里满是枣树，枣叶黄了，飘落着，树尖上还留着不少的枣儿，经过风霜，红得越发鲜艳。吴召儿问我：

"你带的什么干粮？"

"小米炒面！"

"我尝尝你的炒面。"

我一边走着，一边解开小米袋的头。她伸过手来接了一把，放到嘴里，另一只手从口袋里掏出一把红枣送给我。

"你吃枣儿！"她说，"你们跟着我，有个好处。"

"有什么好处？"我笑着问。

"保险不会叫你们挨饿。"

"你能够保这个险？"我也笑着问，"你口袋里能装多少红枣，二百斤吗？"

"我们走到哪里，吃到哪里。"她说。

"就怕找不到吃喝哩！"我说。

"到处是吃喝！"她说，"你看前头树上那颗枣儿多么大！"我抬头一望，她飞起一块石头，那颗枣儿就落在前面地下了。

"到了神仙山，我有亲戚。"她捡起那颗枣儿，放到嘴里去，"我姑住在山上，她家的倭瓜又大又甜。今儿晚上，我们到了，我叫她给你们熬着吃个饱吧！"

在这个时候，一顿倭瓜，也是　种鼓励。这鼓励还包括：到了那里，我们就有个住处，有个地方躺一躺，有个老乡亲切地和我们说说话。

天黑的时候，我们才到了神仙山的脚下。一望这座山，我们的腿都软了，我们不知道它有多么高；它黑得怕人，高得怕人，危险得怕人，像一间房子那样大的石头，横一个竖一个，乱七八糟地躺着。一个顶一个，一个压一个，我们担心，一步登错，一个石头滚下来，整个山就会天崩地裂房倒屋塌。她带领我们往上爬，我们攀着石头的棱角，身上出了汗，一个跟不上一个，落了很远。她爬得很快，走一截就坐在石头上望着我们笑，像是在这乱石山中，突然开出一朵红花，浮起一片彩云来。

我努力跟上去，肚里有些饿。等我爬到山半腰，实在走不动，找见一块平放的石头，就倒了下来，喘息了好一会，才能睁开眼——天大黑了，天上已经出了星星。她坐在我的身边，把红枣送到我嘴里说：

"吃点东西就有劲了。谁知道你们这样不行！"

"我们就在这里过一夜吧！"我说，"我的同志们恐怕都不行了。"

"不能。"她说，"就快到顶上了，只有顶上才保险。你看那上面点起灯来的，就是我姑家。"

我望到顶上去。那和天交界的地方，有一点红红的摇动的灯光；那灯光要不是她指出，几乎不能同星星分别开。望见这个灯光，我们都有了勇气，有了力量，它强烈地吸引着我们前进，到它那里去。

姑　家

北斗星转下山去，我们才到了她的姑家。夜深了，这样高的山上，冷风吹着汗湿透的衣服，我们都打着牙噤。钻过了扁豆架、倭瓜棚，她尖声娇气叫醒了姑。老婆子费了好大工夫才穿好衣裳开开门。一开门，就有一股暖气，扑到我们身上来，没等到人家让，我们就挤到屋里去，那小小的屋里，简直站不开我们这一组人。人家刚一让我们上炕，有好几个已经爬上去躺下来了。

"这都是我们的同志。"吴召儿大声对她姑说，"快给他们点火做饭吧！"

老婆子拿了一根麻秸，在灯上取着火，就往锅里添水。一边仰着头问：

"下边又'扫荡'了吗?"

"又'扫荡'了,"吴召儿笑着回答,她很高兴她姑能说新名词,"姑!我们给他们熬倭瓜吃吧!"她从炕头抱下一个大的来。

姑笑着说:"好孩子,今年摘下来的顶属这个大,我说过几天叫你姑父给你送去哩!"

"不用送去,我来吃它了!"吴召儿抓过刀来把瓜剖开,"留着这瓜子炒着吃。"

吃过了香的、甜的、热的倭瓜,我们都有了精神,热炕一直热到我们的心里。吴召儿和她姑睡在锅台上,姑侄俩说不完的话:

"你爹给你买的新袄?"姑问。

"他哪里有钱,是我给军队上纳鞋底挣了钱换的。"

"念书了没有?"

"念了,炕上就是我的老师。"

截　击

第二天,我们在这高山顶上休息了一天。我们从小屋里走出来,看了看吴召儿姑家的庄园。这个庄园,在高山的背后,只在太阳刚升上来,这里才能见到光亮,很快就又阴暗下来。东北角上一洼小小的泉水,冒着水花,没有声响;一条小小的溪流绕着山根流,也没有声响,水大部分渗透到沙土里去了。这里种着像炕那样大的一块玉蜀黍,像锅台那样大的一块土豆,周围是扁豆,十几棵倭瓜蔓就奔着高山爬上去了!在这样高的黑石山上,找块能种庄稼的泥土是这样难,种地的人就小心整齐地用石块把地包镶起来,恐怕雨水把泥土冲下去。奇怪!在这样少见阳光,阴湿寒冷的地方，庄稼长得那样青翠，那样坚实。玉蜀黍很高，扁豆角又厚又大，绿得发黑，像说梅花调用的铁响板。

第三天，吴召儿出去了，不久，她抱回一捆湿木棍：

"我送你们每个人一把拐杖，黑夜里，它就是我们的眼睛！"

她用一把锋利明亮的小刀，给我们修着棍子。这是一种山桃木，包皮是紫红色，好像上了油漆；这木头硬得像铁一样，打在石头上，发出铜的声音。

这半天，我们过得很有趣，差不多忘记了反"扫荡"。

当我们正要做下午饭，一个披着破旧黑山羊长毛皮袄，手里提着一根粗铁棍的老汉进来了。吴召儿赶着他叫声姑父，老汉说：

"昨天，我就看见你们上山来了。"

"你在哪看见我们上来呀？"吴召儿笑着问。

"在羊圈里，我喊你来呀，你没听见！"老汉望着内侄女笑，"我来给你们报信，山下有了鬼子，听说要搜山哩！"

吴召儿说："这么高山，鬼子敢上来吗？我们还有手榴弹哩！"

老汉说："这几年，这个地方目标大了，鬼子真要上来了，我们就不好走动。"

这样，每天黎明，吴召儿就把我唤醒，一同到那大黑山的顶上去放哨。山顶不好爬，又危险，她先爬到上面，再把我拉上去。

山顶上有一丈见方的一块平石，长年承受天上的雨水，给冲洗得光亮又滑润。我们坐在那平石上，月亮和星星都落到下面去，我们觉得飘忽不定，像活在天空里。从山顶可以看见山西的大川，河北的平原，十几里，几十里的大小村镇全可以看清楚。这一夜下起大雨来，雨下得那样暴，在这样高的山上，我们觉得不是在下雨，倒像是沉落在波浪滔天的海洋里，风狂吹着，那块大平石也像要被风吹走。

吴召儿紧拉着我爬到大石的下面，不知道是人还是野兽在那里铺好了一层软软的白草。我们紧挤着躺在下面，听到四下里山洪暴发的声音，雨水像瀑布一样，从平石上流下，我们像钻进了水帘洞。吴召儿说：

"这是暴雨，一会儿就晴的，你害怕吗？"

"要是我一个人我就怕了，"我说，"你害怕吧？"

"我一点也不害怕，我常在山上遇见这样的暴雨，今天更不会害怕。"吴召儿说。

"为什么？"

"领来你们这一群人，身上负着很大的责任呀，我也顾不得怕了。"

她的话，像她那天在识字班里念书一样认真，她的话同雷雨闪电一同响着，响在天空，落在地下，永远记在我的心里。

一清早我们就看见从邓家店起，一路的村庄，都在着火冒烟。我们看见敌人像一条虫，在山脊梁上往这里爬行。一路不断响枪，是各村伏在山沟里的游击组。吴召儿说：

"今年，敌人不敢走山沟了，怕游击队。可是走山梁，你就算保险了？兔崽子们！"

敌人的目标，显然是在这个山上。他们从吴召儿姑父的羊圈那里翻下，转到大黑山来。我们看见老汉仓皇地用大鞭把一群山羊打得四散奔跑，一个人登着乱石往山坡上逃。吴召儿把身上的手榴弹全拉开弦，跳起来说：

"你去集合人，叫姑父带你们转移，我去截兔崽子们一下。"她在那乱石堆中，跳上跳下奔着敌人的进路跑去。

我喊：

"红棉袄不行啊！"

"我要伪装起来！"吴召儿笑着，一转眼的工夫，她已经把棉袄翻过来。棉袄是白里子，这样一来，她就活像一只逃散的黑头的小白山羊了。一只聪明的、热情的、勇敢的小白山羊啊！

她蹬在乱石尖上跳跃着前进。那翻在里面的红棉袄，还不断被风吹卷，像从她的身上撒出的一朵朵的火花，落在她的身后。

当我们集合起来，从后山上跑下，来不及脱鞋袜，就跳入山下那条激荡的大河的时候，听到了吴召儿在山前连续投击的手榴弹爆炸的声音。

联　想

不知她现在怎样了。我能断定，她的生活和历史会在我们这一代生活里放光的。关于晋察冀，我们在那里生活了快要十年。那些在我们吃不下饭的时候，送来一碗烂酸菜；在我们病重行走不动的时候，替我背上了行囊；在战斗的深冬的夜晚，给我打开门，把热炕让给我们的大伯大娘们，我们都是忘记不了的。

一九四九年十一月

小胜儿

孙犁

【关于作品】

　　《小胜儿》是一个一对青年青梅竹马的故事和抗战故事的结合体。冀中平原上的骑兵团开赴战场，行军的路上，勤务员小金子掏出各色绸布织成的小马鞭，抽着马屁股——那是他心爱的姑娘赠送的。杨主任不让他用这把小马鞭，但却让他感谢送他马鞭的姑娘。在"五一大'扫荡'"时，杨主任战死，小金子身受重伤，只能回到故乡，躲在地道里养伤。他不仅遭受了肉体的创伤，还遭受着自己的首长杨主任牺牲给他留下的精神创伤。送他小马鞭的姑娘小胜儿成天照看他，把自己结婚用的袄卖掉了，买来鸡蛋给他补充营养，在姑娘的安抚和照看下，小金子逐渐康复了。

一

冀中有了个骑兵团。这是华北八路军的第一支骑兵，是新鲜队伍，立时成了部队的招牌幌子，不管什么军事检阅、纪念大会，头一项人们最爱看的，就是骑兵表演。

马是那样肥壮，个子毛色又整齐，人又是那样年轻，连那个热情的杨主任，也不过二十一岁。

农民们亲近自己的军队，也爱好马匹。每当骑兵团在早晨或是黄昏的雾露里从村边开过，农民们就放下饭碗，担起水筲，帮助战士饮马。队伍不停下，他们就站在堤头上去观看：

"这马儿是怎么喂的，个个圆膘！庄稼牲口说什么也比不上。"

"骑黑马的是杨主任，在前面背三件家伙的是小金子！"

"这孩子！你看他像粘在马上一样。"

小金子十七岁上参加了军队，十九岁给杨主任当了警卫员，骑着一匹从日寇手里夺来的红洋马。

远近村庄都在观看这个骑兵团。这村正恋恋不舍地送走最后一匹，前村又在欢迎小金子的头马了。

今天，队伍不知开到哪里去，走得并不慌忙，很是严肃。从战士脸上的神情和马的脚步看来，也不像有什么情况。

"是出发打仗，还是平常行军？"一个青年农民问他身边一个青年妇女。

"我看是打仗去！"妇女说。

"你怎么看得出来，杨主任告诉你了？"

"我认识小金子。你看着，小金子噘着嘴，那就是平常行军，他常常舍不得离开房东大娘。脸上挂笑，可又不笑出来，那准是出发打仗。傻孩子！你记住这个就行了。"

二

这个妇女是猜着了。过了两天，这个队伍就打起仗来，打的是那有名的英勇壮烈的一仗。敌人"五一大'扫荡'"突然开始，骑兵团分散作战，两个连突到路西去，一个连做后卫陷入了敌人的包围，整整打了一天。在五月麦黄的日子，冀中平原上，打得天昏地暗，打得树木脱枝落叶，道沟里鲜血滴滴。杨主任在这一仗里牺牲了，炮弹炸翻的泥土，埋葬了他的马匹。小金子受了伤，用手刨着土掩盖了主任的尸体，带着一支打完子弹的短枪，夜晚突围出来，跑了几步就大口吐了血。这是后话。现在小金子跑在队伍的前面，轻快地行军。他今天脸上挂笑，是因为在出发的时候，收到了一件心爱的东西。一路上，他不断抽出手来摸摸兜囊，这小小的礼品就藏在那里面。

太阳刚刚升出地面。太阳一升出地面，平原就在同一个时刻，承受了它的光辉。太阳光像流水一样，从麦田、道沟、村庄和树木的身上流过。这一村的雄鸡接着那一村的雄鸡歌唱。这一村的青年自卫队在大场院里跑步，那一村也听到了清脆的口令。

一路上，大麻子刚开的紫色绒球一样的花，打着小金子的马肚皮，阵阵的露水扫湿了他的裤腿。他走得不慌不忙，信马由缰。主任催他：

"小金子同志，放快些吧，天黑的时候，我们要到石佛镇宿营哩！"

"报告主任，"小金子转过身来笑着说，"就这样走法，也用不着天黑！"

"这样热天，你愿意晒着呀？"主任说，"口渴得很哩！"

小金子说：

"过了树林，前面有个瓜园，我去买瓜！我和那个开瓜园的老头有交情，咱们要吃瓜，他不会要钱。可是，现在西瓜还不熟，只能将就着摘个小酥瓜儿吃！"

主任说：

"怎么能白吃老百姓的瓜呢？把水壶给我吧！"

递过水壶去，小金子说：

"到了石佛，我给主任去号一间房，管保凉快，清净，没有臭虫！"

他从兜囊扯出了那件东西，一扬手在马屁股上抽了一下，马就奔跑起来。

主任的小黑马追上去，主任说：

"小金子！那是件什么东西？"

"小马鞭儿！"小金子又在空中一扬。那是一支短短的，用各色绸布结成的小马鞭，像是儿童的玩具。

"你总是顽皮，哪里弄来的？我们是骑兵，还用马鞭子？"主任笑着。

"骑兵不用马鞭，谁用马鞭？戏台上的大将，还拿着马鞭打仗哩！"小金子说。

"那是唱戏，我们要腾开手来打仗，用不着这个。进村了，快收起来，人家要笑话哩！"主任说。

小金子又看了几看，才把心爱的物件插到兜囊里去，心里有些不高兴。他想人家好心好意给做了，不能在进村的时候施展施展，多么对不住人家，人家不知道费了多大工夫哩！

主任又问了：

"买的，还是求人做的？"

"是家里捎来的。"

"怎么单捎了这个来？"

"他们准是觉得我当了骑兵，缺少的就是马鞭子，心爱的也是这个。"

"怎么那样花花绿绿？"

"是个女孩子做的，她们喜欢这个颜色！"

"是你的什么人呀？"

"一家邻舍，从小一块儿长大的。"

主任没有往下问，在年岁上，他不过比小金子大两岁。在情感这个天地里，他们会是相同的。过了一刻，他说：

"回家或是路过，谢谢人家吧！"

三

五月里打过仗，小金子受伤回到家里，他饭也吃不下，觉也睡不着。主任和那些马匹，马匹的东奔西散，同志们趴在道沟里战斗牺牲……老在他眼前转，使他坐立不安。黑间白日，他尖着耳朵听着，好像哪里又有集合的号音、练兵的口令、主任的命令、马蹄的奔腾；过了一会又什么也听不见。他的病一天一天重了。

小金子的爹，今年五十九岁了，只有这一个儿子。给他挖了一个洞，洞口就在小屋里破旧的迎门橱后面。出口在前邻小胜儿家。小胜儿，就是给小金子捎马鞭子的那个姑娘。

小胜儿的爹在山西挑货郎担儿，十几年不回家了。那年小金子的娘死了，没人做活，小金子的爹，心里准备下了一堆好话，把布拿到前邻小胜儿的娘那里。小胜儿的娘一听就说：

"她大伯，你别说这个。咱们虽说不是一姓一家，住得这么近，就像一家似的，你有什么活，尽管拿过来。我过着穷日子，就知道没人的难处，说句浅话，求告你的时候正在后头哩。把布放下吧，我给你裁铰裁铰做上。"

从这以后，两家人就过得很亲密。小金子从战场回来，小胜儿的娘把他抱在怀里，摸着那扯破的军装说：

"孩子，你们是怎么着，爬着滚着地打来呀，新布就撕成这个样子！小胜儿，快去给你哥找衣裳来换！"

小金子说：

"不用换。"

"傻孩子，"小胜儿的娘说，"不换衣裳，也得养养病呀！看你的脸成了什么颜色！快脱下来，叫小胜儿给你缝缝。你看这血，这是你流的……"

"有我流的，也有同志们流的！"小金子说。

母女两个连夜帮着小金子的爹挖洞，劝说着小金子进去养病养伤。

四

敌人在田野拉网清剿，村里成了据点，正在清查户口。母女两个整天为小金子担心，焦愁得饭也吃不下去。她们不让小金子出来，每天早晨，小胜儿把饭食送进洞里去，又把便尿端出来。

那天，她用一块手巾把头发包好，两只手抱着饭罐，从洞口慢慢往里爬。爬到洞中间，洞里的小油灯忽地灭了，她小声说："是我。"把饭罐轻轻放好，从身上掏出洋火，擦了好几根，才把灯点着。洞里一片烟雾，她看见小金子靠在潮湿的泥土上，脸色苍白得怕人，一言不发。她问：

"你怎么了？"

"这样下去，我就死了。"小金子说。

"这有什么办法呀？"小胜儿坐在那像在水里泡过的褥子上，"鬼子像在这里住了老家，不打，他们自己会走吗？"她又说，"我问问你，杨主任牺牲了？"

"牺牲了。我老是想他。"小金子说，"跟了他两三年，年纪又差不多，老是觉着他还活着，一时想该给他打饭，一时想又该给他备马了。可是哪里去找他呀，想想罢了！"

"他的面目我记得很清楚，"小胜儿说，"那天，他跟着你到咱们家来，我觉着比什么都光荣。说话他就牺牲了。他是个南方人吧？"

"离我们有九千多里地，贵州地面哩。你看他学咱这里的话学得多像！"小金子说。

小胜儿说：

"不知道家里知道他的死讯不？知道了，一家人要多难过！自然当兵打仗，说不上那些。"

小金子说：

"先是他同我顶着打，叫同志们转移，后来我受了伤，敌人冲到我面前，他跳出了掩体和敌人拼了死命。打仗的时候，他自己勇敢得没对儿，总叫别人小心。平时体贴别人，自己很艰苦。那天行军，他渴了，我说给他摘个瓜吃，他也不允许。"

"为什么，吃个瓜也不允许？"小胜儿问。

"因为不只他一个人呀。我心里有什么事，他立时就能看出来。也是那天，我玩弄你捎给我的小马鞭儿，他批评了我。"

"那是闹着玩儿的，"小胜儿说，"他为什么批评你哩？"

"他说是花花绿绿，不像个战士样子，我就把马鞭子装起来了。可是，过了一会，他又叫我谢谢你。"

"有什么谢头，叫你受了批评还谢哩！"小胜儿笑了一下，"我们别忘了给他报仇就是了！你快着养壮实了吧！"

五

小胜儿从洞里出来，就和她娘说：

"我们该给小金子买些鸡蛋，称点挂面。"

娘说：

"叫鬼子闹的，今年麦季没收，秋田没种，高粱小米都吃不起，这年头摘摘借借也困难。"

小胜儿说：

"娘，我们赶着织个布卖了去吧！"

娘说：

"整天价逃难，提不上鞋，哪里还能织布？你安上机子，知道那兔羔子们什么时候闯进来呀？"

"要不我们就变卖点东西？人家的病要紧哩！"小胜儿说。

"你这孩子！"娘说，"什么人家的病，这不像亲兄弟一样吗？

可是，咱一个穷人家，有什么可变卖的哩，有什么值钱的物件哩？"

小胜儿也仰着脖子想，她说：

"要不，把我那件袄卖了吧！"

"哪件袄？你那件花丝葛袄吗？"娘问着，"哪有还没过事，就变卖陪送的哩？"

小胜儿说：

"整天藏藏躲躲的，反正一时也穿不着，不是埋坏了，就是叫他们抢走了，我看还是拿出去卖了它吧！"

"依我的心思呀，"娘笑着说，"这么兵荒马乱，有个对事的人家，我还想早些打发你出去，省得担惊受怕哩！那件衣裳不能卖，那是我心上的一件衣裳！"

"可是，晚上，他就没得吃，叫他吃红饼子？"小胜儿说，"今儿个是集日，快拿出去卖了吧！"

到底是女儿说服了娘，包起那件衣服，拿到集上去。集市变了，看不见年轻人和正经买卖人，没有了线子市，也没有了花布市。胜儿的娘抱着棉袄，在十字路口靠着墙站了半天，也没个买主。晌午错了，才过来个汉奸，领着一个浪荡女人，要给她买件衣裳。小胜儿的娘不敢争价，就把那件衣裳卖了。她心痛了一阵，好像卖了女儿身上的肉一样。称了一斤挂面，买了十个鸡蛋，拿回家来，交给小胜儿，就啼哭起来。天还不黑就盖上被子睡觉去了。

小胜儿没有说话，下炕给小金子做饭。现在天快黑了，她手里劈着干柳树枝，眼望着火，火在她脸上身上闪照，光亮发红。她好像看见杨主任的血，看见小金子苍白的脸，看见他的脸慢慢变得又胖又红润了。她小心地把饭做熟，早早地把大门上好，就爬到洞口去拉暗铃。一种微小的柔软的声音，在地下响了。不久，小金子就钻了出来。

这一顿饭，小金子吃得很多，两碗挂面四个鸡蛋全吃了，还有点不足心的样子。吃完了饭，一抹嘴说：

"有什么吃什么就行了，干什么又花钱？"

"哪里来的钱呀，孩子，是你妹子把陪送袄卖了，给你养病哩！卖了，是叫个好人穿呀！叫那么个烂货糟蹋去了，我真心痛！你可别忘了你妹子！"小胜儿的娘在被窝里说。

"我们这是优待八路军，用不着谢，也用不着报答！"小胜儿低着头笑了笑，收拾了碗筷。

小金子躺在炕上。小胜儿用棉被把窗子堵了个严又严，把屋门也上了。她点起一个小油灯，放在墙壁上凿好的一个小洞里，面对着墙做起针线来，不住尖着耳朵听外面的风声。

在冀中平原，有多少妇女孩子在担惊，在田野里听着枪声过夜！她回过头来说：

"我们这还算享福哩，坐在自己家里的炕上——怎么你们睡着了？"

"大娘睡着了，我没睡着。"小金子说，"今天吃得多些，精神也好些，白天在洞里又睡了一会，现在怎么也睡不着了。你做什么哩？"

"做我的鞋，"小胜儿低着头说，"整天东逃西跑，鞋也要多费几双。今年军队上的活，做的倒少了。"

"像我整天钻洞，不穿鞋也可以！"小金子说。听着他的声音，小胜儿的鼻子也酸了，她说：

"你受了伤，又有病，这说不上。好好养些日子，等腿上有了力气，能走长路了，就过铁道找队伍去。做上了我的，就该给你铰底子做鞋了！"

小胜儿放下活计，转过身来，她的眼睛在黑影里放光。在这样的夜晚，敌人正在附近村庄放火，在田野、村庄、树林、草垛里搜捕杀害冀中的人民……

一九五〇年一月十九日

黎明的河边

峻青

【关于作家】

峻青（1922—2019），山东海阳人。1941年参加革命工作，历任胶东《大众报》记者、新华社前线分社随军记者、《中原日报》编辑组长、中国作家协会上海分会副主席、《文学报》主编等职；1952年到中南文联从事专业文学创作；"文革"中遭到迫害。峻青的代表作品有《黎明的河边》《老水牛爷爷》《党员登记表》《交通站的故事》等短篇小说，以及长篇小说《海啸》、散文集《秋色赋》等。

【关于作品】

峻青擅长设置最为尖锐的矛盾冲突，让主人公处于两难选择中，从而表现优秀的革命品质。1947年，国民党发动重点进攻，胶东解放区采用各种手段瓦解敌人。敌人为诱捕小陈，抓捕了他全家为人质，只放出了其父亲陈大爷来劝降。小陈负责护送革命干部杨队长和姚队长，在渡船被洪水冲走的情况下，不得不向父亲陈大爷寻求帮助。陈大爷被迫在牺牲武工队干部救出家人和帮助武工队干部放弃拯救家人之间做出选择，最终他选择了后者。渡河之前，土匪对小陈步步紧逼，留下来掩护就意味着死亡，而渡过河去就意味着生存，而小陈选择了自我牺牲，留下来阻击敌人，让姚队长渡河。在一个个尖锐的矛盾之中，人物的性格充分显示出来了。

有一个时期，人们曾把我当成了英雄，说我在坚持昌潍平原的敌后斗争中打开新的局面，表现得非常勇敢、顽强，还有什么组织才能等等；可是我清楚地知道，任何新的局面，都不是任何一个人的力量所能够打开的。如果没有群众的支持，那么他就什么都做不成。且不要说整个的坚持昌潍平原的敌后斗争，就拿我在接受了领导漱河东岸的斗争任务以后，夜间经过敌占区从永安到河东的这一段路上所遭遇到的情况来说，如果没有小陈的一家人，我即使不被敌人打死，也早就被河水淹死了，哪里还能有今天？

所以，每到人们要我讲斗争事迹的时候，我第一个提起来的就是小陈。哦！你们也许要问了："小陈是谁呀？那总不会是他的名字吧！"是的，"小陈"不是他的名字，只是他的姓。至于他的名字叫什么，我也不知道。这真是件遗憾的事情！可是，这没有关系，在我们的记忆中，这样的无名英雄不是还很多吗？我们会因为不晓得他们的名字而忘记了他们吗？不会的，永远也不会忘记的。是吧？

好，现在我就开始来讲叙这个故事。

一

那是一九四七年的秋天，向胶东解放区进攻的国民党匪军，已经窜进了半岛的中心。昌潍平原沦为敌后，还乡团的匪徒们到处疯狂地倒算、杀人。我们的区县机关，都改编成武工队的形式，大家拿起枪来，就地坚持斗争。那时候，我在西海军分区工作。有一天晚上，大概是十点多钟吧，政治处张主任派人来叫我，到了他的屋里以后，我看见他站在黑洞洞的窗下，望着阴沉沉的天空出神。昏暗的灯光，照见了他的军帽下边的几丝白发，脸色显得异常阴沉。我的心里一动：大概是出了什么事吧？他看见了我，默默地点了点头说：

"河东的情况你听说了没有？"

"没有，"我说，"什么情况？"

"第一武工队垮啦！"他的声音非常低沉，"马汉东和刘均都牺牲了！"

啊！这简直是一个晴天霹雳，我呆呆地站在那里，惊得半天都说不出话来。第一武工队是我们这里很有名的一支武工队，马汉东和刘均，也都是我多年的老战友，抗战时期，我们一起坚持过海莱边区的游击战争；到昌潍来以后，他们两人就一直坚持昌邑的南部，昌南的特务一提起马汉东和他的武工队来，都吓得直伸舌头。这次，侵犯胶东的敌人进入昌邑以后，河东地区就变成了敌人的据点和运输线，因此，组织上就把他们俩和第一武工队调到这个重要而艰苦的地区。他们坚持在烟潍公路两侧，打汽车，割电线，袭击还乡团匪徒，严重威胁着敌人的运输线。可是，想不到他们竟然遭受了这么重大的损失，而且是这样突然。

"叛徒，"张主任愤愤地说，"队伍不纯，出了叛徒，宿营地被敌人包围了，打了整整的一天……队伍垮了……"张主任的话突然停住了，大口地抽起烟来。他抽了一支又抽一支，一直沉默地抽了很久，望着窗外。最后，突然转回身来，提高了声音说："老姚，组织上决定派你到河东去，接替老马，担任第一武工队长，老杨给你当助手，连夜出发，赶快去把队伍整顿起来，继续坚持斗争，你有什么意见？"说罢，一双深沉的眼睛，就紧紧地盯着我，显出了无限信任和希望的神情。

我能有什么意见呢？当前的情况异常清楚地摆在面前：河东地区一定要坚持，第一武工队一定要整顿恢复，斗争一定要继续。党在这种极其困难的时候，把这样一个艰巨而又光荣的重担放在我的身上，是表示了多么大的信任啊！为了报答党对我的信任，为了给我的老战友报仇，为了拯救河东区正在遭受着敌人蹂躏的老百姓，前面就是刀山，是火海，我也绝不退缩！

和张主任紧紧地握过手之后，我出来找着了老杨，立刻就向河东出发了。那时候，我们的机关住在昌邑的西部永安一带，到河东去，当中要经过一段匪军据点密集和还乡团统治严密的地区，这一段地区大约有四十多里路，只能在夜间插过去，白天根本不能通行。因此，我们决定加紧赶奔，争取天亮以前，渡过潍河，只要到了河东岸，白天就可以活动了。可是这一段路，我和老杨都不太熟，天又阴得像水盆一样，乌沉沉的不见一颗星星，看样子大雨很快地就要来了。在平原上，大雨中走夜路，就是熟路也常常会迷失方向，如果当真迷失了方向，天明以前赶不到潍河东岸去，那就糟了。因此，我们决定找一个向导。司令部侦通队李队长说，交通班的同志们经常到河东去联络，这一段路他们很熟，可是现在他们都出发了，只剩下一个小鬼在屋里，于是，他就去把那个小鬼叫来了。

他长得很矮，看样子顶多也不过十八岁。圆的脸，大眼睛，下巴上有一道细长的疤痕，显然是子弹掠过时所留下的纪念。从这一点上就可以看出他已经不是一个新兵了。一看见我们，他把冲锋枪往胸前一立，很熟练地行了一个军礼，就站在一旁，似乎有点羞怯地打量着我和老杨。

"小陈，"李队长爱抚地拍着他的肩膀说，"这位是姚队长，这位是杨副队长。他们俩今夜要到河东去，带路的任务就交给你了，你要负责把他们送到。"

"是！"小陈答应得又响亮又坚决。

看着他那矮小的背影，我不禁犹豫起来了，心想：他还是一个小孩子哩，怎么能在这样的环境下当向导？

李队长似乎看出了我的心思，哈哈地笑着说：

"放心吧，老姚，他是交通班的骨干呢，你可别看他小；至于路，那更不用担心，他的家就在潍河西岸，他爹他娘都是党员，他们一定能把你们送过河去。"

二

我们三人顺着田间的小路向东行进。

旷野里一片黑暗，天地融合在一起，什么也看不见。辽阔的平原上，没有一星灯光。大地似乎是沉沉地入睡了。然而，雷却在西北方向隆隆地滚动着，好像被那密密层层的浓云紧紧地围住挣扎不出来似的，声音沉闷而又迟钝。闪电，在辽远的西北天空里，在破棉絮似的黑云上，呼啦呼啦地燃烧着。闷热，热得旷野里柳树上的蝉，竟然在半夜里叫了起来，空气中有一股潮湿的泥土气味——大雨眼看就要来了。这天气，使我非常着急。因为临走的时候张主任曾一再地嘱咐说：三天内一定要把队伍整理好，因为敌人已经从大泽山那面抽回了一个师，要对昌潍后方进行"扫荡"，如果在"扫荡"以前不能把队伍整理好，那么"扫荡"开始以后，地区也就难以坚持了，群众就要遭受更大的摧残，至于牵制敌人配合东线我军作战的目的，那就更谈不到了。因此，我们必须在今天夜间渡过潍河去，无论如何，今天一定要过去！

风来了。

先是一阵轻飘飘的微风，从西北的海滩那边沙沙地掠过来，轻轻地翻起了夜行人的衣襟，戏弄着路上的枯叶。旷野里响着一片轻微的簌簌声。一会儿，风大了，路旁的高粱狂乱地摇摆着，树上的枯枝唬喳唬喳地断落下来。一阵可怕的啸声，从远远的旷野上响了过来，阴云更低沉了。沉雷似乎已经冲出了乌云的重重包围，啦啦啦像爆炸似的响着，从西北方向滚动过来。

暴风雨来了。

大雨像一片巨大的瀑布，从西北的海滨横扫着昌潍平原，遮天盖地地卷了过来。雷在低低的云层中间轰响着，震得人耳朵嗡嗡地响。闪电，用它那耀眼的蓝光，划破了黑沉沉的夜空，照出了在暴风雨中狂乱地摇摆着的田禾，一条条金线似的鞭打着大地的雨点和那在大雨中吃力地迈动着脚步的人影。一刹那间，电光消失了，天地又合成了一体，一切又被无边无际的黑暗吞没了。对面不见人影，四周听不到别的响声，只有震耳的雷声和大雨滂沱的噪音……

糟糕！越是担心落雨，雨果然就来了。我们的全身都湿透了，衣服紧贴在身上，冷冰冰的，雨顺着脸往下流，和汗水混合在一起。在这样暴风雨的夜里，走路与其说是用眼找，还不如说用本能感觉到的。如果对地区没有像对自己家门口那样的熟悉，就根本别想继续前进。果然，走了一会儿，我和老杨都迷失方向了。我说是向南走，他说是向北走。而小陈却什么都不说，老是沉默地然而却异常坚定地在前面走着。偶尔回过头来招呼一声：

"喂！当心前面是小沟！"

"喂！右转弯，左面是据点了。"

我心里想：幸亏有这样一个好向导，要不，那才糟了哩！每当闪电亮起的一刹那，我看见他那矮小的身形在大雨中吃力地走着时，心里就不禁泛滥起一种怜惜和感动的情绪。唉！他还完全是个小孩子哩！

这时候，雨虽然仍旧在哗哗地下着，可是，我的心里已经不再焦躁了。反而觉得应该感谢这场大雨，要不，说不定会遭遇上敌人呢。

说起来可真凑巧，我们正在庆幸大风雨的夜里走路不会遭遇上敌人的时候，却偏偏就遭遇上了敌人。那是走到昌邑城以北不远的地方转了一个弯，听到前面一阵哗啦哗啦的涉水声，还没来得及躲避，空中就亮起了一阵闪电，一道耀眼的蓝光，照见了前面的一群人影：大约有二三十个还乡团的匪徒，押着十多个村干部，迎面向我们走来。遭遇得竟然这样突然，当我们看清了他们的时候，他们已经来到我们面前了，相隔最多也不过十几步。这时候，他们也看见了我们，双方都惊愕得沉静了片刻，枪就响起来了。

我蹲在地上，黑影中向着匪徒们开了几枪，同时敌人的子弹也贴着我的耳朵飞过，紧接着就是一阵慌乱的脚步声，吆喝声，接着又有几个人慌慌张张地从我的身边窜过去，其中一个碰到我的身上摔了一个跟头。我夹在人丛中，看不清哪是敌人哪是自己的人，我希望闪电快亮起来，而闪电却偏偏不亮。正在这时，一个人推了我一把，大声地喝道：

"妈的皮，停着干什么？村干部都跑啦！"

我向他开了一枪。立刻轰的一声，我的耳边也响了一枪。到这时候，我才发觉我冲到匪群中来了，于是，我端起快慢机来凶狠地扫射起来……

三

混乱停止了。

像一阵激烈而短促的暴风雨，情况发生得突然，结束得也干脆。然而这一来，却使我和老杨、小陈失去联系了。借着闪电的蓝光，我环顾四周，不见一个人影，只有大雨在哗哗地倾泻着。

我带着懊恼的心情，照着临出发时我们相互约定好的联络暗号，绕地里拍着巴掌，寻找他们。一直找了大半天，才好不容易地一个一个地找到了他们。这真是万幸！于是，我们又继续向前走去。

这时候，风煞了，雨也住了。天依然是黑沉沉的，不见星星。雨后的蛤蟆，张开了大喉咙，咕咕呱呱地直叫，道沟里，庄稼地里，有流水的哗啦哗啦声。

走了一会儿，忽然走进了一片荒草洼，野草有齐腰深，窸窸窣窣地扫着我们的胸背，不知什么鸟儿，不时地噗噜一声从脚下飞起来，草梢上闪烁着萤火虫的绿光……

小陈停住了，愕然地环顾四周呻吟着说：

"咦！这是什么地方？"

"是呀！"老杨说，"怎么走到草洼里来了？你是不是迷了方向？你说这是向哪里走？"

"我觉着是往正东，"小陈说，"可是向东不经过草洼呀！"

"不对，"老杨火刺刺地说，"这哪里是向东，依我看是向南。"

小陈默默地转了个圈儿，愁苦地说：

"我现在也不知这是什么方向了。自从遭遇上敌人乱转了一会儿以后，我也模模糊糊的了。"

糟糕，真的迷失方向了。我心里顿时烦恼起来。老杨也在火刺刺地直咕噜："怎么搞的？怎么搞的？啊？"可是这不能怪小陈，在漆黑的平原上，不管你路怎样熟，发生了情况三转两转，什么人也都会转糊涂的。埋怨有什么用呢？

"别忙，"我说，"试试风向看了。"

天偏偏作怪，竟然一点风也没有了。连草梢都不摆动一下。于是，我们又去找树，希望能从树身上摸出方位来。可是，四面都是荒草，哪里也找不到一棵树。有一点亮光也好，也许凭闪电的亮光能认清方位，可是什么亮光也没有，闪电早已熄灭了，雷也不响了。天地连在一起，无边无际的黑夜，像一面巨大的网，把我们罩在洼地里。我急得直抓胸膛，胸口像塞满了一团乱草似的。又恨不能把身子一挺，探出云外，看一看北斗星的位置。

越是着急，就越是糊涂，又走了好一会，仍然也不出这一片沙沙响着的草地去。

"算了，别乱走啦，"我说，"要是方向不对，倒越走越远了。"

"不走咋办？"老杨烦躁地说。

"等等看吧，大概天快亮了。拂晓时看看我们是在什么地方，然后再做决定。也许还有希望，不要着急。"我安慰他，其实也是在安慰自己。因为我心里同样在着急。要知道：我们是在敌人的心脏里游泳啊！这游泳，全凭夜色的掩护，如果万一天亮之前游不出这片地区去，那么，天亮以后，我们就要全部暴露在敌人的眼前了。即使能够侥幸地在这草洼里隐蔽一个白天，可是谁又能够知道，在这一天里，河东将会发生什么样的变化？也许敌人的"扫荡"已经开始了，而我们却被困在这一片草洼里，前进不能，后退不得。糟糕！可是，光着急又有什么用呢？于是，我们只得无可奈何地在草地上坐了下来，焦躁地等待着天明。

水在草底下潺潺地流着，身旁不时地有沙沙声响过，大概是水蛇在草间爬行。蛤蟆在我们的周围，咕咕呱呱地不住气地叫，叫得人心烦。老杨抓起了一把泥，恶狠狠地向着蛤蟆叫的地方摔了过去……

小陈默默地坐在我的身旁，一句话不说，好像在想什么心事。突然，鼻子一抽一抽地，啜泣起来了。我知道他很难过，我正要安慰他一下，老杨忽然气愤愤地问道：

"你哭什么？"

小陈没有回答，擤了一下鼻涕。

"事情都叫你弄坏了，还有脸哭呢。"老杨大声地说。这一说，小陈哭得更厉害了。

我用手触了一触老杨，劝他不要再说下去。因为这并不能完全埋怨小陈，如果不是遭遇敌人，绝不会迷失了方向。再说，他才多大的一个孩子啊！如果没有战争，他也许还在父母的面前撒娇呢！老杨是个好同志，这道理他绝不会不知道。可是，他直性子，脾气暴，遇到不顺意的事就好发火，发过之后，很快地也就撒气了。现在，他知道自己的话过火一点，就往草上一躺说：

"算啦，小陈，别哭啦。睡一下吧，你也累了。"

小陈仍然不吭气，默默地望着天空。天空，仍然是乌沉沉的，不见一点儿星光。

一会儿，老杨就打起了呼隆呼隆的鼾睡声。可是我一点儿也睡不着，老是在心烦意乱地想。在过去，我曾经无数次地在敌占区里隐蔽过，也曾经常被敌人困在一个地方坚持数天数夜。可是，我从来没像今天这样焦虑和困惑。这绝非因为我们当前处境的险恶，而是为了河东。啊！河东，我又想起了马汉东和刘均的死，武工队的溃散，还乡团的猖獗，大泽山敌人的回师"扫荡"……想着想着，脑子也就渐渐地模糊起来了……

四

蒙蒙眬眬地刚刚睡着，小陈就推醒了我。

睁开眼睛，旷野里仍然是黑乌乌的，一声长长的嘹亮的鸡叫声，从不远的地方传来。啊！鸡叫了！我看看天，天仍然是阴沉沉的罩满了乌云，可是，有一处地方，已经放出了淡淡的白光。

"队长，"小陈高兴地指着那放白光的地方说，"你看，那是正东，我们走的方向不错。"

"是的，"我点点头说，"那放亮的地方该是正东，可是这是什么地方?"

小陈摇摇头，因为四周还是黑沉沉的看不清楚。

这时候，蛤蟆的叫声停止了。翻天覆地地闹腾了一夜的旷野上，现在显得异常寂静。听得见微风掠过草地的沙沙声，听得见草底下流水的潺潺声，听得见远处的村庄里黄牛的沉闷的叫声和雄鸡的嘹亮的鸣声。在这些极细微的声音中，还听得到有一种特别巨大的呜呜声，这声音像是响在半天空里，又像是响在地层底下，叫人琢磨不定。

"这是什么响?"我问。

"好像是海啸。"老杨说。

"哪能? 离海远着哩。"小陈说。他侧着耳朵听了一会，突然狂喜地喊道："大河，队长，咱们是在河边上!"

"啊! 真的吗?"我也高兴了。

"哪能这样凑巧，"老杨说，"别想好事了。"

"是，一定是，"小陈肯定地说，"我从小就在这大河岸上长大的，我能听出这种声音来，这是河里涨大水。你听，‘哇——哇——’，秋水下来就是这么响。"

这时候，大地渐渐地明亮起来了，夜幕的黑影在无声地消散着。周围的青草、人影也越来越清楚了，远处的高粱地、树木、村庄的轮廓也隐隐约约地看得见了。这时，我们才发现我们原来是走到一个很大的草洼上来了，西面和北面都是村庄，南面是一片黑黝黝的果树林，东面，闪动着一条微微发光的灰白色的长带，像春天好天气的时候飘荡在平原上的气流，那巨大的响声，就从那里传来。

"姚队长! 你看，潍河! 啊! 到底是潍河。"小陈兴奋地说。

他转着头向南面望了一下，突然抓住了我的胳膊，激动地喊道："啊呀！姚队长，走到我的家门口上了。你看，南面那片果树林子，我的家就在那里。每次送干部，我们都打这儿走。有时就宿在我家的果树林子里。啊！可好了，总算没有走错，没有走错！"说着他的抓着我的胳膊的手，剧烈地颤抖起来了。在黎明的亮光中，我看见他那有着孩子气的面孔，因激动而像火一样地红润起来了。我充分地理解到此刻泛滥在他内心的欢乐，我自己也抑制不住这意外喜悦的激动。老杨更是痛快，他用力地拍着小陈的肩膀，大声地说：

"好！好！小家伙，你真有本事，真有本事！"

"走吧！快走吧，河边上咱们有船，趁天还不太亮快过河！"小陈说着，拉着我们就向河边上跑去。于是，我们跑出了草洼，在灰蒙蒙的旷野上，拼命地飞奔起来。我们跑得是那样快，那样兴奋，一夜间的疲累、焦躁，现在都已忘得干干净净。

可是当我们气喘吁吁地奔到河边的时候，小陈突然惊叫起来："啊呀！糟了！"

原来专为黑夜里摆渡我们的人的那只秘密地藏在沙柳丛里的小船，被暴涨的河水冲走了。河水比平时涨大了几倍，原来藏小船的地方，现在已变成了河心，滚滚的大水，东面漫到了二道堤，西面一直冲到了石湾店村西的果林下面，河面足有一里多宽。浪涛一个跟着一个，崩雪似的重叠起来，卷起了巨大的漩涡，狂怒地冲击着堤岸，发出了哇哇的响声。有时候，冲在堤上的浪涛被堤岸挡住了，又向后退回去，和后面新冲上来的浪涛碰在一起，轰隆一声，掀到半天空，然后又像瀑布似的崩泻下来……

望着这滚滚的大水，我急得直跺脚。

"你会凫水吗？"老杨问我。

我摇摇头。这样的大水，不要说凫，就是看着也叫人心惊胆战哪！

"我也不会，"老杨皱着眉头说，"你呢，小陈？"

"我能凫得过去，可是一个人会凫有什么用呢？附近的船都被敌人搜出来烧了，我们好不容易藏下了这么一条，又被水冲走了。这怎么办？"

于是，我们都望着河水发起怔来了。最后小陈看着我说：

"姚队长，好不好到我家去找找我爹爹，他也许能有办法。前几次往东护送干部，都是我爹用船送过去的。"

"那好极了，"我说，"反正我们不能老是在这河边上停着，万一过不去河也得找个地方藏起来呀！"

于是，我们离开了河岸，就往小陈家的果树林里跑去。

五

林子里很静。

大雨过后，树叶比平时更加新绿。快熟了的苹果和山楂，亮光光红嫣嫣的显得非常可爱。带着雨水珠的树叶，在清晨的微风中，一阵摇晃，水珠就像一阵骤雨似的落在松软的沙土上。我们踏着沙地，穿过林间小路，一直向果林的深处走去。走了一会儿，一座四面都围着葡萄和葫芦的密密层层的绿叶的小屋，出现在我们的面前。接着，就响起了一阵沉雷似的吼声，一只凶猛的大黄狗，气呼呼地向着我们扑来。但一看见是小陈，立即停止了咆哮，狂欢地摇着尾巴，在他的身边撒起欢来。

小陈亲昵地抚摸着黄狗的头，高兴地叫道：

"虎子，虎子！"

小园屋的门吱呀的一声开了，一个有着苍白胡须的老人，从屋里探出身来，眯缝着眼睛，向我们打量了一会，一看见小陈，吃惊得张大了嘴。

"爸爸！"小陈轻轻地喊了一声。

老人机警地向四周扫视了一下，把手一挥，命令地说：

"快进屋去！"

一踏进门槛，屋子里的混乱景象使我吃了一惊。好像被一头牛跑进来满屋乱撞了一番似的，灶上的锅碎了，墙角上的水缸也碎了，橱倒了，囤子翻了，满地都是碗片、粮食、乱草、布屑……

小陈一看，脸色霎时变得苍白，急匆匆地跑到里间屋去看了一看，返回身来，异常不安地问道：

"爹，我娘呢？"

老人默然地坐在门槛上，阴沉地低着头，停了好一会，才愤然地说：

"被还乡团捉去啦，还有你兄弟小佳。"

小陈颓然地坐在锅台上，呼吸急促起来了。

"什么时候捉去的，老大爷？"老杨着急地问道。

"五天了。"老人深深地叹了一口气，接着就告诉我们，这些日子，小陈带着同志们夜间不断地在这里渡河，被叛徒陈兴告了密。前几天，陈家庄的还乡团头子陈老五，把他们一家三口捉到保公所，拷打了一顿，最后，把老头子一个人放了回来，给了他一个任务，叫他回家等着小陈，遇到小陈再带着人从这里走时，就叫老人逼着儿子秘密地把带的同志们献给还乡团。否则，他就不能赎出一家人的生命。

我一听这消息，心不禁怦怦地跳动起来。老杨望着我，也现出了惊慌的样子。小陈却紧咬着下唇，一声不响，停了一会，突然抬起头来，问道：

"爹，你打算怎么办？"

"我嘛，我打算去叫你回来。"老头子冷冷地说。

"叫我回来？"小陈吃惊地说。

"嗯！"老头子深深地点着头。"整整五天了，你娘和小佳一直吊在梁头上。我到处去找你也找不到……"

"找我咋？"小陈打断了老头子的话。

"找你咋？"老头子冷笑一声道，"哼！你说咋？咱这一家三口的命你就不管啦？还有咱庄上死了的那二三十口子村干部军属的仇，你们就不报啦？想当初我答应你去参军的时候，是为的什么来？啊？"老头子越说越激动，苍白的大胡须，一抖一抖地颤动着。责难的眼光，像闪电一样地射着我们。到这时候，我才恍然地明白了他的话的意思。小陈会意地看了看我，微笑了一下，忽地抓住了老爹的手，兴奋地说：

"爹，我这不是回来了吗？"

"我一连去找了你两天，"老头子抚摸着儿子的头，继续说道，"一点儿消息也打听不到。实在等不过了，前天天不亮，我就到河东去，想去找马队长，听说他们住在隔庄，哪知还没走到，枪就响了起来，敌人包围了他们。一千多敌人，里三层，外三层地包围得结结实实，连昌邑城的警备四旅都来了，一直打到天黑，马队长和刘队副都牺牲了，听说他们打到最后，子弹打光了，用自己的手榴弹把自己炸死的。我进村的时候，他们的尸首还躺在大街上。唉！好队长啊！以前他常常带着人过河到这边来，现在他完了，武工队也完了！河东的半边子天下也完了！"老头子的声音越来越低沉了，随着一声深沉的叹息，落下了两滴悲痛的眼泪。

我的眼圈一阵热，嘴唇剧烈地痉挛起来了。

老杨激动地一把拉住了老头子的手说：

"老大爷，放心吧，河东的武工队是完不了的，河东的天下也是完不了的。我们俩就要上那去接替马队长的事。"

"啊？"老人惊讶地看着我们。"是吗，到河东去？"

小陈点点头："是的，爹我就是来送他们到河东去的。河边上柳丛里的船被水冲走了，怎么办？"

老头子忽地站了起来，把我们上下细地打量了一下，连连地点着头说：

"好，你们来了，好。赶快地去吧，自从马队长牺牲以后，还乡团更疯狂了，昨天，有两个被打散了的同志，藏在南面的林子里，被还乡团发觉了。那两个真是好样的，一直打了大半天，最后把枪砸碎，都跳到河里去了。好，你们来了好，老百姓又有依靠了！好！快过河去吧。唔，怎么？船被水冲走了？"

"是呀！"我说，"船冲走了，河里水很大。可是我们一定要今天过河……"

"那是的，一定要今天过河。"老人打断了我的话说。

"老大爷，你有什么办法吗？"老杨问道。

老人没有回答，默默地开了门，走出了屋，仰着头看了看天，回头问道：

"你们俩会不会凫水？"

"会一点点，这样大的水可不行。"我和老杨说。

老人没有再说话，默默地走到里间，拿出了一个玻璃瓶子来，一仰脖，咕嘟嘟喝了几口，然后，向我面前一伸说：

"来，喝一点，河水太凉。"

我们都喝了一点，是很猛烈的白干。

"走吧！"老人命令地说。

我惊异地望着小陈，小陈高兴地眨了眨眼睛，小声地说：

"走吧，他要带你们凫过去，老头子好水性哩！"

小陈的话音里充满着骄傲和自豪。于是，我也兴奋起来了。就在这个时候，我忽然想起了被吊在保公所梁上的老大娘和小佳。啊！他们怎么办呢？

"你停着干什么？"老头子看见我在沉思，吃惊地问道。

"我想，老大娘……"

老头子的胡须剧烈地抖动了一下，忽地转过身去，把手一挥，厉声地说：

"走！快走！"

六

天亮了。

东方的天空，在那浓厚的云层的空隙间，透射出一缕缕绯红色的霞光。远处村庄的黑黝黝的轮廓，也越来越清晰了。河面上，风很大，满河里都翻滚着白色的浪花，活像一片动摇不定的雪的田野。堤下面，一群群大浪，挟着惊人的吼声，一次又一次地向大堤上扑来，风把浪沫和草屑吹到了我们的身上。

"好大的风啊!"老头子倒吸了一口冷气说,"来! 我一个一个地送你们。咱们要先说清楚,到了水里以后,可不许乱动。好,谁先下吧?"

我推着老杨说:

"你和小陈先下吧。我担任警戒。"

"不,你先下。"老杨说,仰头看了看天。

"不,还是你先。"我坚持着。

正在这时,西面突然响了一枪。老杨正要说什么,老头子把他一拉,扑通一声,跳下了河去。

"小陈,快下去。"我用手去推小陈。

小陈生气地把身子一转,返身就向堤上跑去。我也随着他跑上了堤坝,向西一望,只见在西面陈家庄的村头上,有七八条人影,沿着清晨的雾气腾腾的大路,向大河的方向走来。他们走得并不快,看样子好像并没有发觉我们。

"快藏下!"我命令道。

堤上有一道弯弯曲曲的壕沟,是一个月以前我军在潍河岸上狙击敌人时挖的。现在沟沿上长满了蓬蒿,我和小陈就在这壕里隐藏起来。虎子也随在我们的后面,钻到了壕沟里面。这时,我回头向河东望了一下,只见老头子一只手拖着老杨,一只手划着水,在重重的浪山里向东急凫。一会儿浪涛把他们压在底下不见了,一会儿又从白花花的浪头上钻了出来;我再转回头来向西望,只见那七八个匪徒忽然离开了大路,顺着田间小路,斜刺里向果树林里走去。我的心里一动,转头看了看小陈,啊!他紧咬着下唇,胸脯一鼓一鼓地发出了急促的呼吸声,活像一只激怒了的狮子。

我知道敌人是要进果林去逮捕他的父亲。于是，我开始估量当前的情势：进果林的敌人如果发现老头子不在，也许他们会到河边上来搜查，这样一来，我们就不得不背水作战了。这场战斗将是异常险恶的，可是，无论如何，一定要掩护老杨过河，只要老杨能到河东，那就是我们的胜利。好吧！我想：为了河东地区的坚持和开展，为了河东武工队和老百姓的生存，我和小陈就贡献出自己的一切吧！我看看小陈，只见他一面紧张地注视着树林，一面又带着焦躁的神情频繁地回头向河里张望。我知道：他此刻的心情一定是很沉重的，我真想安慰他一下，可是，没等到我安慰他，他倒安慰起我来了：

"姚队长，你看，我爹已经凫到河中间了。老头子真好水性，很快他就会回来的，他一定能把你送过去！"

多么好的一颗善良而忠厚的心啊！——我心里想。

突然，虎子忽地跳起来，从壕沟里伸出脖子，向着树林子那边汪汪地狂吠起来。我抬头一看，只见树林那边，有七八个还乡团的匪徒，端着枪，急匆匆地顺着我们来的路，径直地向着河边走来。

"汪汪汪！"虎子狂怒地咆哮着，好像立刻要冲了过去。

"别叫！蹲下！"小陈赶快抓着它的脖子，把它硬按到壕沟角上。虎子委屈地呜呜着，服从地蹲了下来。

这时候，天已经大亮了。

四围的村落里，升起了早饭的炊烟。潍河的上空，出现了老鹰的影子，它那乌黑发光的翅膀，横扫着破棉絮般的云块，一会儿从云里钻出来，一动不动地停在空中，良久地俯视着雨后的田野和那浩浩荡荡异常雄伟的大河，一会儿，吃惊似的把翅膀一侧，像一道黑色的闪电，又冲进那黑沉沉的云海里去了。

清晨的河岸并不宁静。一场激烈的风暴就要卷来了。

敌人越来越近了。

我们已经清楚地看清了他们的面貌和服装，这全是一些穿着乱七八糟的衣服的地主恶霸还乡团，他们手里拿着的也是一些乱七八糟的长枪和短枪。

"咦！"小陈轻轻地惊叫了一声，同时用胳膊碰了我一下说，"叛徒！"

"哪一个？"我问。

"在最前面走的那个小矮个，他就是陈兴，以前是我们的村长，敌人来了以后，他偷偷地和陈老五勾搭上了，我娘和我弟弟的被捕，就是他去告的密……"说着，他端起了枪。顺着小陈的枪口瞄着的地方，我看见了这个无耻的叛徒。他四五十岁的样子，矮矮的个子，脸上挂着谄媚的而又惶惑不安的微笑，大步地向着堤下走来，脚踏在浊泥里咕叽的声音和那嗡里嗡气的说话声，也都清楚地听见了——

"……日他娘，这个老混蛋一定是跑到八路那边去了。"陈兴说。又回过头去，看着身后的一个黑胖子说，"哥，依我的主意，当时就应该把他们统统活埋了，老五叔偏偏又弄什么放长线钓大鱼的妙计，这一回可好，鱼没钓着，连鱼食也丢了。"

"你知道个屁！"那黑胖子轻蔑地骂道，"你他妈，只知道开斗争会，分果实。"

"啊呀！祥魁哥，你老人家怎么还提那个？我不是对你答应过了吗？我保证把各户分去你的东西，统统要回来，你怎么……"

"我不听你臭虫叫，"黑胖子咆哮道，"一个月过去了，你给我要回了多少东西？再住十天你给我要不回来，我就活埋了你！"

"别吵了，别吵了，"另一个戴草帽的匪徒说，"昨夜老五叔说，区团部通知，这几天要特别把紧河口，因为估计西面的八路一定要派干部到河东去。上面命令我们无论如何不能让他们偷渡过去，一过去就了不得了……"

"我来，我来，"陈兴还不等戴草帽的匪徒说完，就抢着讨好地说，"夜间我到这河岸上来守着，就怕他们不在这走……唔，堤上好滑呀！"他佝偻着腰踏上了堤坡，打了一个趔趄，双手抓伤了一根蓬蒿……

"打！"我奋力地把手一挥。

小陈忽地从壕沟里站起来，把枪一伸，枪口几乎触着了陈兴的胸膛，就在这一刹那间，我看见这个叛徒惊骇得眼珠子几乎掉出了眶外，脸上煞白煞白，接着就两手一伸，仰面倒了下去，尸身沿着堤坡，骨碌碌地一直滚到堤下的水坑里，把坑里的水打得水花四溅……

在这同一时刻，我的二十响快慢机匣枪也叫了起来，黑胖子和戴草帽子的匪徒，接二连三地倒了下去。匪徒们被这意外的打击弄昏了，连枪都来不及端起来，就倒的倒、爬的爬，向堤下溃逃。蹲在壕沟里憋了大半天的虎子，再也忍耐不住了，忽地跳出壕沟，向堤下追去，它跑得是那样得快，脖子上的毛向上直竖着，像一道闪电似的追上了一个匪徒，咬住了他的腿，把他按倒在地上。另外的一个匪徒，趁着这个机会，侥幸地脱了身，顺着高粱地，像兔子似的向陈家庄奔去……

七

灼热的枪声停止了，风吹散飘在堤上的硝烟。

我回头望了望河里，那两个小黑点似的人影，在重重叠叠的浪涛中翻滚着，快要到达东岸了。我的心里，像放下了一块千斤重石似的轻松。

"他们过去了。"我深深地呼了一口气说。

小陈点了点头，脸上却没有轻松的神色。

陈家庄那边，突然响起了一阵喤喤的钟声，紧接着南面的村庄也响起来了，一村连着一村，一刹那间，河西沿岸的好多村庄里，都响起了火急的钟声……

一场更大的风暴就要来了。

看样子，要想着渡过河去，是不可能的了，几分钟之后，敌人就会从三面围攻上来。好，来吧！——我心里说。你来了我就打，能打出去当然好，打不出去就学那老头子刚才讲的那两个武工队员的样子：跳河！连年的战斗中，我经历过许多次危险的关头，但都没有做过像这次这样绝望的打算。这是可以看得很清楚的，我不会凫水，当数目众多的敌人一步步逼近前来的时候，大河是不能飞渡的。那只有这一条路可走。可是绝望尽管绝望，我的心里却非常镇静。因为我知道，老杨是确实能够渡过河去了，瞧！他不是快要到河东岸了吗？好，只要他能到河东，河东武工队就垮不了，河东的斗争就会继续地开展下去，河东的人民也就有了依靠。党交给我们的任务，也总算是没有落空。

我掏了掏衣袋，袋里有几张已经被雨水淋得模糊了的机密文件，我把它撕得稀烂，向河里抛去。小陈用孩子似的惊讶的眼光看了看我，我的心里一动，撺他下河的念头又升起来了。既然向西突围没有可能，既然小陈能够凫过河去，为什么要留在这里做不必要的牺牲呢？于是，我说：

"小陈，你会凫水，现在趁敌人还没有冲上来，快下河去吧！"

小陈吃惊地看了看我，眉头紧皱了一下说：

"怎么，你又说这样的话？"

"这是很明白的，"我说，"我不必解释，快！快下去。"

他生气地把头转向一边，不动也不吭气。

他仍然不吭气，也不转回头来。

"你懂不懂得服从命令！"我大声地说，真有些火了。

"懂得！"他说话了，声音很低。但立即转回头来，定定地看着我，一字一句地说："就因为服从命令，所以我才不下河！"

"你服从的什么命令，岂有此理！"

"服从的是把你送过河去的命令，而不是丢下你，我自己逃跑的命令。"

啊！真想不到这个一向沉默的小家伙，竟能说出这样的话来。我没有话说了，而且禁不住笑了起来。

小陈没有笑，却用一双深沉的大眼看着我，严肃地说：

"姚队长，你太不沉着了，也太不相信群众了。"

我吃了一惊：

"怎么？"

"不怎么，就是那么回事，"他慢腾腾地说，"而且你还侮辱了人。"说着，他气愤地把头转向一旁，就在他一转头的时候，我看见他的眼圈里有两汪亮晶晶的泪光。

我半天说不出话来，脸上一阵阵发热。直到这时，我才完全明白小陈的意思。直到这时我才真正地认识了小陈。我的心里不禁一阵阵地感动。我回头向大河里望了一下，老杨已经上了东堤，老头子已经开始向回凫了。我又望望西面，陈家庄的村头上，出现了一片黑压压的人群，在飞快地向这边赶奔。北面，在更远一点的村庄前面，也发现了敌人的影子。南、北、西三面都响起枪声来了。子弹嘤嘤地叫着从我们的上空飞过去……

"好吧，小陈，别生我的气。"我说，"那咱们就准备战斗吧！子弹还有吗？"

他没有吭气，把刚才在堤下拾来的子弹袋拍了一拍，脸上有了一点微笑影子。

枪声，越来越近了。

西边的敌人已经迂回到了果树林的边沿，伏在一条离我们不远的沙丘后面向我们射击，子弹像蝗虫似的在我们身边噗噗地乱飞，溅起了壕沟沿上的泥土，打断了蓬蒿的枝叶。

我们沉着地不还一枪，等待着敌人更靠前一些。可是，敌人很狡猾，他们始终不肯离开那条沙丘。突然，他们停止射击了，一个匪徒从沙丘后面探出头来，挥舞着一块红布，喊道：

"别打枪，别打枪。"

我认得说这话的就是刚才侥幸逃回去的那个匪徒。

"小陈，你来看看，这是谁？"那匪徒喊道。

接着沙丘后面推出了两个人。

小陈的脸色一下子就变得雪一样的苍白。站在沙丘上的原来是一个老大娘和一个十四五岁的小孩子。啊！不用说，我就猜到了这是小陈的娘和他的弟弟小佳。

老大娘背绑着双手，满脸血迹披头散发地站在沙丘上，河里的大风，把她的散发高高地扬起，把她吹得摇摇晃晃，但她用力地挺直了身子，仰着头，向着我们这边张望。小佳没有绑，但却被折磨得面色苍白，他一只手拄着木棍子，一只手扶着妈妈，也向着我们这面张望。虎子一见，忽地跳起来，冲出了壕沟，撒着欢向它的女主人奔去。沙丘后面的匪徒们也都一个个地探出头来，有的站直了身子，隐在老大娘和小佳的背后，向堤上窥伺。当中有一个又黑又胖的匪徒，露着大肚子，紧挨着老大娘身边，站了起来。这时候那个挥红布的匪徒喊道：

"小陈，好好地听着，五爷要和你说话。"

"小陈，"那黑胖子的声音像只公鸭子，指着老大娘和小佳说，"小陈，你看见了没有？眼前有两条路，第一条，和你娘你兄弟一起死在这里！第二条，放下枪和你娘回家去过日子，你带的那几个八路，我们也保证宽大他们。好吧，话给你讲清楚了，两条人路任你拣，要死要活一句话了。"

我一听这话，气得头上直冒火星。我看看小陈，小陈得苍白的脸色，突然变得火红，忽地端起枪来，就想要向陈老五瞄准。可是，他的全身都在发抖，枪口在蓬蒿间闪闪的跳动，怎么也瞄不准，我拉了拉他的胳膊，低声地说：

"小陈，冷静点。不要放枪，别打着你娘。"

他叹了一口气，眼圈里涌出了两汪泪水。狠狠地用手背擦了擦，重又端起枪来。

正在这时，老大娘说话了：

"孩子！"声音是那样爽朗而安静，"你在哪里？我怎么看不见你？"

"在这里，娘！"小陈在蓬蒿丛里大声地答道。

"孩子，你站起来我看一看你。——哦，不，不！你别站起来，孩子，你千万别站起来，你只叫我一声就行了。"

小陈的眼泪唰唰地淌下来了。

"娘！"他颤动着声音叫了一声。

"嗳，好孩子！好孩子，你看得见我和你兄弟吗？"

"看见……"小陈再也说不下去了。

"好孩子，这就行了。打吧！"老大娘突然提高了声音说，"打！不要听老五这老狗的话，打死这些强盗，打吧！孩子，朝我这里开枪！"

"哥哥，打呀！打呀！快打呀！"小佳也急促地喊起来了。

沙丘上一阵混乱，匪徒们都兔子似的缩到沙丘后面去了。就在这时，小陈的冲锋枪响了。那个太大意了的挥红布的匪徒，没有来得及缩回去，就应着枪声，跌倒在老大娘的脚下了。

"好，打得好，我的好孩子。"老大娘站在沙丘上面，看着倒在她脚下的匪徒，连连地点着头。

突然沙丘后面响了一枪，老大娘痛叫了一声，身子晃了一下，接着，就慢慢地向前扑倒下来了……

"娘啊！"小陈大叫了一声。

我的全身一阵颤抖，眼泪热辣辣地顺着脸颊直淌下来。我端起了枪，然而，沙丘上已经一个人影也没有了，匪徒们都缩在沙丘的后面，连小佳也被他们拉下去了。我看看小陈，小陈的嘴唇都咬破了，眼里冒着火一样的光，一动不动地望着躺在沙丘上的母亲。

正在这时，沙丘上一个人头出现了，我正要举起枪来，那人头就啪的一声爆炸了，是小陈放的枪。一会儿，又出现了一个，又同样地爆炸了，这回是我打的。现在我们两个人都在默默地盯着沙丘，一有人影出现我们就打。这样，足足盯了有十多分钟，敌人始终不敢从沙丘后面冲上来。只是盲目地乱打枪。打了一会，敌人又喊起来了：

"别打枪！别打枪！"

随着嘘声，小佳又被推出了沙丘，接着，四五个匪徒，一个紧挨一个地尾随在小佳的身后，用小佳的身体挡着自己，飞快地向着堤下冲来。

我一下子惊住了，端起的枪不自觉地放了下来。

小陈也停止了射击。

被匪徒们推着的小佳越来越近了。他胸膛迎着我们的枪口。

啊！多么紧张的时刻啊！

沙丘后面的敌人又探出头来了，他们准备着冲。河岸上突然变得惊人的静寂，双方的枪都不响了，听得见小佳的急促的呼吸声，听得见隐在小佳身后的匪徒们的越来越近的脚步声，听得见河里波浪的呼啸声……突然，在这紧张的寂静中，响起了一个孩子的清脆而坚决的喊声：

"哥哥！你怎么停着？打呀！打呀！快朝着我打呀！"

我的全身一震，血液沸腾起来了。

小陈的呼吸也急促起来了，他端起了枪。但是，我拉了他一把：

"别打！"

"打！打！"小佳急速地喊道，"给娘报仇！快打呀！哥哥，我身后就是陈老五，朝着我开枪吧！打！给娘……"

小佳的话突然停住了，这时我看见虎子飞也似的扑上来，咬住了一个推着小佳的匪徒的腿。那匪徒痛叫一声，松了手便倒下去，小佳趁这机会，一转身扑在匪徒身上，夺下了一个手榴弹，高高地擎在头上，拉开了弦。匪徒们被这意外的变动惊呆了，都木然地立在小佳的身边，眼睁睁地看着弹柄的导火管在吱吱地喷着白烟……

我的心狂跳起来了，用力地闭上了眼睛。

手榴弹轰的一声炸了。

我睁开眼睛，堤下涌起了一片白蒙蒙的烟雾，一个侥幸没被炸死的匪徒，连滚带爬地向后逃奔，我和小陈的枪口，立刻吐出了一道长长的火舌，向着匪徒逃跑的方向……

八

说老实话，紧张而激烈的战斗，我不知经过了多少次，可是，从来没有像现在这样地激动过。几分钟以前，我还考虑如何节省子弹，争取时间等待老头子回来，现在我什么都忘了。我把匪枪的机钮拨到了快机上，子弹像雨点似的泼出去。这时候，南面的敌人虽然被我们火力压在沙丘后面，但是，西面和北面的敌人却越来越近，蜂子似的围攻上来了。我根本没有把他们放在心上，我只是射击，射击，猛烈地射击！我的全身似乎是被复仇之火烧焦了，我的脑子里也只有一个念头：复仇！复仇！复仇！为老大娘复仇！为小佳复仇！为昌潍平原上所有被蒋匪杀害了的群众复仇！

可是，在这狂酣的战斗中，我似乎发觉小陈并不像我一样疯狂。他很节省弹药，冲锋枪很少连发，而且老是回头向河里张望。突然，他抓住了我的胳膊，狂喜地喊道：

"姚队长，你瞧！我爹回来了。"

我回头一看，老头子像箭打似的向着堤下凫过来。小陈狂喜地站起身来喊道：

"爹，快呀，快……"他突然停住了，一只手抓着胸膛，颓然地坐倒下去，鲜血立刻从他胸前涌了出来。我忽地扑到他身上，拉着他的胳膊，大声地喊道：

"小陈，小陈！"

他没有答应，头软软地垂在壕沟沿上，我的心里感到一阵难忍的刺痛。

敌人趁着这个机会，又向前冲锋了。

热血在我的全身沸腾得更加热烈了，我端起匣枪来，猛烈地向着地下扫射，匣枪一抖一抖地跳动着，亮晶晶的弹壳像蚂蚱似的四处乱飞，我完全沉浸在复仇的快感里了……

突然，一只有力的大手，抓住了我的肩膀，我吃了一惊，回头一看，原来是陈老头。

"快下河！"

"不！"我执拗地说，继续向着敌人射击。

陈老头在我的身边蹲了下来，他看见了胸前流着血的小陈，大胡须抖动了一下，双手抓住了儿子的手，喊道：

"孩子！孩子！"

小陈微微地睁开眼睛，看见老爹，嘴一咧笑了。沙哑着声音说：

"爹，你来得正好，快，快带他下河。"

老头子没有吭气，脸色突然变得像雪一样的苍白。他看见了堤下大娘和小佳的尸身，大胡子剧烈地抖动了一下，眼泪唰唰地流下来了。但他立刻抬起了手，狠狠地擦了擦眼睛，紧紧地抓着我的胳膊，大声地说：

"走！快走！"

"不，"我说，"我不走，我要和小陈……"

"走，你快走，"小陈大声地喊道，"我掩护你！"说着，冲锋枪爆豆似的响了起来。

"不行，不行……"我的话还没说完，老头子就把我往腋下一挟，扑通一声跳进了河里……

"小陈，小陈……"我在水里大声地叫喊着。一个浪头打来，河水灌进了我的嘴里，把我呛得好久都喘不上气来。

风吹卷着嚣扰的浪涛，四面都响着风浪的吼声。

我回头向堤上望去，看不见小陈的影子，只看见一缕缕淡蓝色的枪烟在壕沟上面缭绕。虎子在堤上跳跃、咆哮，对着每一颗打在堤上激起泥花的子弹发怒、狂吠。小陈仍然在战斗，在阻击敌人，在掩护我渡河。我的心火辣辣的，激动得直挥胳膊。

"老实，别动！"老头子严厉地命令道，把我更用力地挟了一下。我觉得他的手在剧烈地颤抖，看得出他在努力地压抑着自己的感情，故意不回头向西面堤上张望，拼着全力向东急凫。这时候，我们还不到河中心，如果敌人在这时冲上大堤的话，我们两人要想逃出敌人的火网是困难的。凭着战斗经验，我估计敌人早就该冲上大堤了，可是，大堤上仍然杳无人迹，只有淡蓝色的枪烟在缭绕……

太阳从重重的云海中升起来了，金色的光投射在不平静的河面上。白花花的浪头，一个跟一个地压下来，把我们推上了半空，又抛下了深谷。我的头被摇晃得眩晕起来了。然而，我仍然挣扎着回头向西张望，我的心像掉在壕沟里似的。突然，一个惊人的场面让我怔住了：西面大堤上的冲锋枪声停止了，淡蓝色的硝烟被风吹散了，在已经晴朗了的西方天空的碧蓝色的背景的烘托下，迎着金色的阳光，出现了一个人影。啊！是小陈，只见他从壕沟里忽地站了起来，把冲锋枪往河里一丢，返回身去，抱着一个冲到他面前的匪徒，向着浊浪滚滚的潍河里跳了下去……

我难过地闭上了眼睛。老头子的手颤抖得更厉害了，呼吸更急促了，抱着我的胳膊也越来越紧了，泪水像雨点似的顺着他那多皱的脸腮淌了下来。

西面大堤上，出现了一片黑压压的人影，在向我们射击，子弹落在离我们很远的地方，我们已经冲过河中心的急流了。这时候，东大堤上，也响起了枪声，这是老杨掩护我们渡河。啊！我可以安全地到达东岸了，可是小陈……我再一次地转头向小陈跳下去的地方张望，那里什么也看不见，只有重重叠叠的巨浪，在汹涌地翻腾……

我的眼圈一阵热，抑制了大半天的眼泪，终于进涌出来了。

我不是一个感情脆弱的人，在十多年来残酷的战争生活中，我见惯了死亡和鲜血，见惯了各种各样使人激动的事情。我已经习惯于在最易激动的时刻压抑着激动的情感，在最最悲痛的时候，也不落一滴眼泪，可是现在，我流泪了，我激动了。我想，如果此刻我能够凫水的话，我一定要踏破重重的波浪，去把小陈找着。哪怕是找到汪洋大海的最底层。多么好的同志啊！这个才十八岁的孩子，他并不认识我，甚至连我的家乡住处姓名都不知道，却为着我的安全慷慨地捐献出自己的青春的生命。

生命，人一生中只有一次的青春的生命啊！还有什么能比它更值得宝贵，更值得珍惜的啊！可是，"同志"和"任务"，却胜过了自己的生命！

这是怎样的一种人啊！世界上还有什么样的感情能比这个更为崇高，更为纯洁，更为伟大啊！还有，老大娘和小佳、老大爷……

我正在这么感情激动地想着，突然觉得陈老头的那只挟着我的胳膊痉挛了一下，接着就软软地一松。于是，我的身子一沉，就落进了水里。我挣扎了两下，一个巨浪劈头压下来，水流进了我的嘴里、鼻子里，我一阵眩晕，什么也看不见了……

当我清醒过来的时候，唔唔地吐了一两口水，睁眼一看，我仍然在陈老头的挟抱中。我惊讶地望着陈老头，只见他的脸色异常苍白，满头流着大汗，张着嘴，呼哧呼哧地直喘，吃力地挥动着手臂。就在他身子向上一挺的时候，我看见他的肩膀上面有一股殷红的血。

啊！他负伤了！

我看得出他是使用着最后的一点力气在挣扎。

我激动极了，也惭愧极了，我在心里自己叫着自己的名字说："姚光中呀，姚光中！你给人民做了些什么？你对党有一点什么贡献？你凭什么让小陈用一家人的性命来掩护你一个人？凭什么？啊？你究竟凭什么？"想到这里，我的心难过得颤抖起来了。我含着眼泪，大声地喊道：

"老大爷，放下我！放下我……"

"老实，别乱动！"老头子厉声地喝道。并且看了我一眼，生气地说:"放下你?说了些啥呀!"

说着,他咬紧牙关,继续挥动者手臂,分开了重重的波浪,向东急进。在他身后面浑浊的河水里,拖着一缕鲜红的血流……

结　尾

故事到这里就该结束了。可是,也许有人要问:你究竟渡过河了没有?陈老头以后怎样了?小陈又怎样了?死了,还是没有死?河东的斗争以后又怎样了?

好的,这些都应该交代一下。

第一:我们终于渡过河去了。不过,在到了河东岸的时候,陈老头已经昏迷不醒了。当天我们就把他送到了野战医院。一个月以后,他出院了。找到了我,什么话也没说,就问我要枪。要枪干什么呢?这是不需过问的。我把我的那支心爱的二十响送了他。从此以后,我们的武工队里,就出现了一个有着惊人勇敢的老队员,他就着一顶破毡帽,穿着一件破皮袍子,匣子枪揣在怀里,整天价默默的不说一句话。打起仗来的时候,却总是跑在前头。风吹着他的苍白的大胡须,眼睛里冒着骇人的火星……

第二:小陈同志是死了!他的尸首是当天傍晌的时候,在下游的一个沙滩上发现的。我亲眼看见,直到那时,他的手还紧紧地掐着匪徒的喉咙。那匪徒就是还乡团头子陈老五。在离小陈的尸体不远的地方,还躺着一只肚子被打破了的狗,那就是虎子。

第三:河东的斗争很快地就开展起来了。艰苦当然是很艰苦的了。被打散了的武工队员们散落得到处都是,由于特务的几次化装欺骗,许多人见了我们都不敢承认自己是武工队员。群众情绪波动，惶惶不安；而大泽山的敌人又回师"扫荡"，到处烧杀……然而，我们并没被困难吓倒，一想起小陈一家人来，什么困难都忘记了。很快地，我们就把队伍收集好，重新进行了整编，接着就在烟潍公路上打了几次胜仗，炸毁了十多辆敌人的汽车，又在太保庄一带袭击了几次还乡团团部，打死了几个反动透顶的还乡团头子。立刻，群众情绪高涨了，队伍也扩大了。很快地，河东的斗争就猛烈地开展起来了。从大泽山回师"扫荡"的敌人，被我们拖在胶潍河之间，抽不出身去，因而大大地便利了我军的外线出击。总之，我们是完全胜利了，烟潍路的斗争，开展得很好。以后，大概是十一月间吧，西海地委举行了一次会议，总结敌后斗争，然后又进行了评模。在会上，大家把我和老杨都选为英雄，张主任还亲自给我戴花，并且请我上台讲话。好，我就上台了，我说：

"同志们，你们选错了，真正的英雄不是我，而是小陈的一家。"

"啊！什么小陈的一家？"全场都吃惊地问道。

"是的，小陈的一家。"我大声地说。于是，我就从头到尾地把这个故事对着大家讲了一遍，就像我今天向你们讲的一样。

一九五四年十月三十一日于上海

十五棵向日葵

徐怀中

【关于作家】

徐怀中，1929 年生，河北邯郸人，早年毕业于太行联合中学。1945 年参军，在西南军区政治部等地工作；1954 年开始发表作品；后在《解放军报》编辑部任副刊编辑；1978 年调到八一电影制片厂任编剧。他在 1957 年出版了著名长篇小说《我们播种爱情》。作品《西线铁事》获 1980 年全国优秀短篇小说奖；《底色》获 2014 年第六届鲁迅文学奖报告文学奖；2019 年《牵风记》获得第十届茅盾文学奖。

【关于作品】

这是一个革命故事，也是一个爱情故事。政治部主任陈再在西藏工作多年，因身体不能适应高原环境而被调往内地，妻子何湘随调。途中，因为木桥被洪水冲垮，何湘被迫到老乡家借宿。这个老乡家种了一片向日葵，她告诉何湘向日葵的来历。原来，这个女人是红军战士，过大雪山时重病在身，被迫留在当地。她遭马步芳军队的逮捕，又被迫投河，蔡旺泽登把她救回家中，后来她就嫁给了他。分别之际，当时的男友陈再留给她一包葵花籽，她没有舍得吃掉，而是每年多种一棵向日葵，记录着红军队伍离去的时间，寄托着对远去队伍的怀念。现在庭院里已经长着十五棵了。何湘马上明白，这个人就是丈夫寻找多年的往昔的恋人周月荣。何湘人格高尚，出于对他们情感的尊重，她告诉了周月荣真相，并留下来为她治疗因修桥而冻伤的双腿。

作品最为成功的部分是设置了向日葵这个意象。本来，陈再给周月荣葵花籽，是为了给她留下珍贵的食物。可是在如此艰苦的环境下，周月荣留下来做种子而不肯食用，因为她视葵花籽为友谊、爱情和红军的象征。想象一下，生活在十五棵向日葵掩映的家里，这该是怎样一幅诗意的场景。

一

政治部主任陈再受过很多次伤，身体虚弱，心脏也有问题，完全不能适应高原环境。所以，虽然他本人坚决反对，但还是被调往内地去了。

二

送何湘回内地的车子已经停在门口，可是她刚刚下了班，隔离衣还没脱。同志们不免替她着急，进门一看，她的衣物早打好了包，书籍也装好了箱，只把床上的铺盖一卷就完事。大家都很惊奇，院部也直到今早上班才接到命令，刚刚通知了她，她怎么会来得及先就收拾好了行李呢？何湘默默一笑说：

"我的第六感早告诉我了。"

几个年轻护士，以一种不以为然的口气说：

"何医生，听说你调动工作完全是因为陈主任，是不是这样？"

"就算是吧！那又怎么样？我可不像你们，随着爱人换了几个地方，就哭啊闹啊！什么没有'独立性'啦！当成'附属品'啦！可是，谁需要我们这种独立性呢？照我看，附属不附属全在自己，你既然自找麻烦建立了这种关系，那就注定你得建立这种生活。至于说到工作，当然，各有各的事，离他远些我是内科医生，离他近些我还是内科医生，那又为什么一定要天南地北呢？"

三

何湘正要催促驾驶员加快速度，车子猛然刹住了。

黄昏时分。两岸灯光照得通明，山水的咆哮，人们的呼喊以及斧锯的声音连响成了一片。事实打消了何湘原先那种侥幸心理——兵站参谋曾经劝告她说，前边有一座木桥被山洪冲垮，正在抢修，让她暂时住下听候消息。她没有接受这个好心的劝告。她想，很可能桥已经修好了呢。现在，不只是车子过不去，即使单人过河也不可能。只有留下驾驶员看车，自己带着行李到附近山庄去借宿。

山庄静静的，好像无人居住。何湘去叫门，出来一个十多岁的男孩子，引她穿过牛栏，扶着独木梯爬上二层平房，那孩子喊道：

"阿妈！是一个'金珠玛米'（解放军）姑姑！"

随即便听到一个女人在讲汉语：

"哦！解放军同志，请进来呀！怎么站在外边？"

何湘弯腰钻进去，屋里有一股强烈的酥油气，她不觉皱了皱眉，但立即又很有礼貌地说：

"要打扰你一夜了，老乡！因为桥坏了，过不去。"

"怎么能说打扰的话呢！"那女人指指小凳子说，"快坐下，我知道，桥还没有修好，我们庄上的人都去帮忙了。"

何湘坐下。借着昏暗的灯光，她看见那女人露出两排整齐洁白的牙齿微笑着，眯起细长的两眼打量着她。一条夹带着红绒线的长辫子，依照西藏人的习俗在脑袋上盘了两圈。那深陷的眼窝以及眉头上琐细显著的皱纹，表明她已是经历了不少艰苦沉重的年月，少说也已经四十多岁了吧！却又足可断定，年轻的时候，这张脸盘是相当引人注目的。她背靠着矮桌，斜躺在垫子上，下身盖着一条半旧的灰毛毯。矮桌上放了几张汉文报纸，何湘心想，这许是她找来糊窗子用的吧！

转眼，那孩子端来一碗膻味扑鼻的酥油茶待客，母亲随即吩咐道："朗嘎！快换一碗清茶，再去把柜子里的水果糖端来！"回头又对何湘说："你瞧我这样，也不能起来招待客人，腿受了伤！"

何湘掀开毛毯，看了看女主人的伤势，不是太严重，但需要养息几天。依照医生的职业习惯，她应当问明情况，并尽可能给伤者一些帮助。但何湘寻思：就让她不知道我是医生吧！我一个内科医生，没有任何药品，连块纱布也没有。我明天一早就得赶路，不能在这里耽搁。

女主人特别热情，但见客人总是支支吾吾，毫无交谈的兴致，于是便说：

"在车上晃荡了一天，准是很累了，你早点睡吧！"

何湘顺势道了谢，便随那孩子转到隔壁小屋里去了。她胡乱铺开行李，不脱衣服躺下去，很久睡不着。连她自己也觉得未免过分了些，算得上是老夫老妻的了，还像结婚前那样，见不着面，就总安心不下来。或许是没有要孩子的缘故吧。人们说，女人一做了母亲，立刻就会把一大半的情感和时间，从丈夫转移到孩子身上去。睡吧！睡吧！明天一早桥就会修好的……

四

天已不早，何湘才忽然醒来，她手忙脚乱捆起行李就要上路。女主人从垫子上欠起身阻拦道：

"瞧把你忙的！刚刚朗嘎去看过了，桥没有修好，怕还得要一两天呢！"

何湘扑通把行李扔下，毫不掩饰自己的失望。女主人笑了笑说：

"你那么急着走，在我们家住得不如意吗？我一听就知道你是北方人，不爱吃大米。瞧！我也不能起来擀面条，就给你拌面疙瘩吃吧！过来，帮我把这几根葱剥一剥。"

这话显然带有些哄小孩子的口气，不仅没有引起何湘不快，反而让她忽然意识到，从昨夜到现在，对这个好心的藏族妇女太冷淡。于是忽然间显得非常快活，一面剥葱一面没话找话说：

"你家里就你和儿子两口人吗？"

"不，还有我丈夫，他在政府里当'通司'，就是翻译，前天随着兽医队到牛场上去了。"

"请问你叫什么名字?"

"我叫扎玛伊珍。"

"唔!扎玛伊珍。怎么你的汉话讲得这样好?跟你丈夫学的吧?!"

"怎么跟他?我是汉人哪!"

"真的是吗?你来这里几年了?"

扎玛伊珍用拌面的筷子向门外指着,反问说:

"你看,土墙那边,长着一排向日葵。请你一棵一棵数数看,总共是多少棵?"

从门口望去,矮墙旁边的一排向日葵,长得高大挺直,一棵一棵间隔相等,像是排列整齐的一队士兵。阳光灿烂,映照着一朵朵金色的花盔。

何湘回答说:"大约有十二三棵吧!"

"你数错了,姑姑!"在烧火的朗嘎认真纠正说,"那是我阿妈种的向日葵,是十五棵。"

"十五棵,我到这里已经十五年了,整整十五年了!"

扎玛伊珍的语气是那么沉静,那么庄严,何湘已经猜测出了八九分,她问:

"早就听人讲,二万五千里长征的时候,有些老红军同志留在了这一带。你是不是……"

"什么老红军!"女主人摆手说,"我就怕听这个话,老红军!老红军!参加革命的时候,我父亲对我说:'去吧!红军是我们干人(穷人)的队伍!你就算是顶替我吧,我们当红军就要当到底。'可是,我掉队下来了,没有走完铁流两万五千里。十五年了，我还活着，可我没有给革命做一点点事，这还不够我心里惭愧的吗？总是说老红军！老红军！政府还一定要发给每个人五百万（旧币）救济费，送来几次，到了我也没有收！"

"为什么？这完全是应当的呀！"

"那怎么能收呢？换了你，你也不会收的。自己长着两只手，凭什么要政府白白养活着我？"

"现在，你又参加工作了吧？"

"工作！工作！你知道我是多么想工作呀！可是我不能和你们比。唉！十五年了，我等于是被蒙着眼睛，被堵着耳朵，什么都不懂得。只知道这个小村庄，只知道自己的男人和儿子。我常常在夜里睡不着的时候，就抱着朗嘎念叨着：'好孩子，你快些长吧！快些长吧！长大了好去顶替妈妈，我们当红军就要当到底！'"

何湘安慰女主人："快别这么说，人生的苦，你已经吃够了，你为革命贡献了自己的青春。今后日了还长，你一定还能做很多很多工作呢！"

"我也这么想，是啊！我得学习，要从头学起，能拿得起什么就做什么。听县代表说，我们这里要开办农业技术推广站，以后还要建机耕农场。当地人用木犁耕地，还把套拴在牛角上，除了青稞豌豆很少会种别的。等办起了农技站，我也能帮着站上做一点什么事。当小姑娘的时候，常跟着父亲下地，春麦应当在什么日期下种，葡萄应当怎么样搭架，胡萝卜要种多深才能长得大，我全都知道。"

"太好了！那就不愁没有你的工作。"何湘鼓励说。

"不过，我还没有拿定主意。我又想报名到省里去学习接生，回来开一个培训班，教教大家。这里的人还是照老规矩，到牛圈里去生孩子，说在牛圈里生的孩子才有力气，不知道多少小生命就这么夭折了。还有，我通藏话，也可以参加政府的工作队下乡去，或是到牧场上去做宣传工作，在红军里，我就是宣传队一名小队员。"

"宣传队？你也做过宣传员吗？"何湘急切地问。

"是的！不过，那时候和现在可大不一样。我们什么都得学着干：唱歌、跳舞、写标语、画漫画、演街头戏、慰问伤兵、行军鼓动、打联络旗语，有时候还化装到敌人那边去割电线，侦察地形。"

"你是怎么留下来的呢？"何湘又问。

"我身体本来就不太好，翻雪山出不赢气，更糟糕的是，开始吐血了。东西全让别人给背着，还是走不动，我只能抓着马尾巴上山，上到山垭口，我昏倒了。后来别人告诉我，是收容队用床单把我抬下山的。你知道，那时候不但没有药治病，起码的营养也跟不上。从江西出发带的炒面早吃完了，就连皮带都烧着吃了。只有去挖牛舌头草来煮着吃，苦得要命，简直没法入口。我们妇女分队长问大家：'同志们！这菜苦不苦？''不苦！'当我们的面，她笑着大口大口在吃，一背过脸去，眼泪吧嗒吧嗒掉下来了。哟！我这是怎么啦？不说这些了！不说这些了！"

五

妈妈站不起来，由朗嘎煮好了一碗面疙瘩汤，双手捧给解放军姑姑。何湘哪有心思吃饭，她还在接二连三地向女主人发问：

"我想，你一个女孩子，体重很轻，怎么说部队也应该是可以带你走的，是不是？"

"如果只是我一个，那不用说，大家轮流背，也会把我背着走的。可是，重伤的重病的很有一些呢，国民党骑兵又紧紧地跟在背后追赶着。无论怎么，上级总还是不愿意丢下一个人。起先宣布说，'能走三十里路的带上！'后来，'能走二十里路的带上！'再后来，'能走十里路的带上！'可是别说十里，十步我也走不动了。没法子，只好留下。和我一块留下的有男有女总共三十多个人。同志们扶着架着，师长亲自把我们安置到藏民家里，送给他们每家二百块藏洋，两丈土布，还有些针线。"……

"这位解放军女同志！我全都告诉你吧，我的好同志！"扎玛伊珍把散开的辫子重新盘了盘，坦白地说："队伍就要开拔了，我们宣传队的一个男同志来了。他也是宣传员，长得挺高的个子。只不过比我大一两岁，可是比我懂事得多，无论工作上生活上，总是帮助我，照顾我，保护着我。宣传队排戏，他个是当我的哥哥，就是当我的男人。我们总是提着标语桶，一起到老乡灶屋里去刮锅烟子，好写标语画壁画。下雨，两人共用一把伞；露营，共铺一块油布。他来跟我告别，紧紧抓着我的两只手，好久，面面相对，一句话也没讲出口。最后，他把一包葵花籽往我衣袋里一塞，转身就跑走了。那时候，能弄到一把生葵花籽是很难很难的，到最后时刻，一把葵花籽就是救命粮呀！他跑出去好远站住了，转回身对我说：'你要活下去！想法子活下去！我们三五年就会回来的！'"

何湘神色紧张地注视着女主人，脸涨得通红通红。她已经百分之百认定了，扎玛伊珍所说的那个男宣传员是谁。但她极力隐忍着，终于没有讲出口。

六

"我们部队开拔的当夜，满庄子狗乱叫，马步芳的队伍来搜查了。这时候我才想起来，赶忙把共产主义青年团的团证吞下肚去。第二天，好些女同志被认出来了，把我们弄到一个喇嘛庙里，就开始剥衣服，剥得一根布条也不剩。我们是红军！怎么能受那样的侮辱！有一个胖子来拉扯我，我抓起一块'玛尼石'——是藏族人敬佛的石块，上面刻的有经文，使劲冲他脑门子砸过去。也不知是哪来那么大的力气，用肩膀头撞开了门就往外跑。他们在背后开枪，子弹吱吱叫，不管那些，我死命地跑。跑上了堤坝，下面是好大的一条冰河，眼睛一闭，就跳下河去了。

"等我醒过来，一看，就躺在这屋子里。唔！我还没有告诉你，他叫蔡旺泽登，是个木匠。红军长征经过此地，他在'博巴'政府做事，跟朱德总司令很熟识的。那天他正巧为我们队伍带路返回来，从河滩里把我救回来，给我换了衣服，烧辣椒汤喂给我喝，还用麝香治好了我浑身的伤。

"就这样，我在这个家里住下来了。有人看见就问，'这个女人是谁？'蔡旺泽登说：'她叫扎玛伊珍，从青海那边领来的，花了一百二十块银元。'

"我的伤慢慢好起来了，第一件事就是去种向日葵。我什么都丢光了，只有一包生葵花籽，随身收藏着，一个也没舍得吃。第一年，我种一棵，第二年我种两棵，第三年种三棵。……我常常对着葵花，一坐就是大半天。望着自己种的一排向日葵，就是最大的安慰，什么都不想了，什么也都不愁了。

"日子长了，人们慢慢也都知道了，我是女红军。见面就悄悄地问：'红军真的还会回来吗？'又有传言说：'听讲国民党后面追剿，日本人前边堵截，红军都死完了！是这样的吗？'我说：'死完没死完我不知道，我只知道，红军总是要回来的！'不过老实讲，我心里也真有些七上八下的。向日葵种到三棵，不见回来，种到五棵了，还不见回来。不是说三五年就能回来的吗？解放了，我算计了一下，可不是吗？讲三五年，一点不错，三五一十五年，到了年数，果然就回来了！"

扎玛伊珍边说，边爽朗地大笑起来，眼睛噙满两颗闪闪发光的泪珠。

七

何湘清晰地记得，陈再曾经感叹不已地对她说过：他去跟那个女宣传员告别时，她的手颤抖着说不出一个字来，只是流眼泪。上个月陈再来信写道："回内地途中，我曾托人在西康一带寻访她，但至今未得到任何音信。不过我仍确信她还活着，我一定要知道，十五年，她是怎么生活过来的。"

何湘故作并不在意地问道："留给你葵花籽的那个男同志，解放以后你找过他吗？"

"找过，怎么没找过呢！我心想，他早已经是一位大首长了，随便问谁，都会晓得的。真的能问到了，不管远近，我一定要去看望看望他。带上几个花盆送给他，送给他的爱人和孩子，我想他该有两个孩子了吧。我要让他知道，他留给我的葵花籽，我没有拿来充饥，种到土里去了，不是用手种下去，我是用我的心种下去的。葵花开得特别大，籽粒特别饱满。可是，总没能找到他。我到路边去等着，见过路部队就问，一直没有下落。我心里明白，这也不必忌讳，十五年哪！每年他都要参加多少次战斗。"……

何湘深觉自己欺负了面前这个女人，她异常不安，不知如何是好，简直是无地自容的样子。

"那么，你就是周月荣同志了，是吗？"何湘小心翼翼地问道。

"是啊！你怎么会知道的呢？"周月荣（让我们还原她真实的姓名吧）十分诧异，一个陌生人，竟忽然叫出了她的汉名。

"周月荣同志！听我告诉你！"何湘即刻平静了下来，"红军回来了，你要找的陈再同志，他也回来了！"

周月荣禁不住惊叫起来，她不敢相信，莫非这位客人是从天而降，特地为她送来陈再的消息吗？

两个女人拥抱在一起，紧紧拥抱在一起……

八

一大早，司机就冒里冒失撞进来对何湘嚷道："快！桥修好了！"

"不！我还得等一个星期才能走。你看，她为帮助修桥，在水里泡坏了腿脚。昨天晚上我到桥工队讨来些药，正给她医伤呢！"

"那好办！托付给桥工队就行，没有问题。"

"那怎么行，我得亲手给她治疗，等她腿好了，我们还要一起走。我们要一块到内地去呢！"

"那我怎么办？在这里等一个星期？"

"谁拦着你吗？你的任务已经完成，可以返回了！"

"那你呢，你怎么走？"

"跟这位老红军一起，往路边一站，招手说明一声，随便谁的车，都会停下来，请我们上司机棚里坐。"

三月雪

萧平

【关于作家】

萧平（1926—2014），原名宋萧平，山东乳山人。少年时，到东北做学徒；1944年回到家乡当小学教师；1951年到1953年就读于山东师范学院中文系。1954年他在《人民文学》上发表处女作《海滨的孩子》；早期作品结集为《三月雪》；新时期以来创作有《光荣》等作品。《墓场与鲜花》获1978年全国优秀短篇小说奖。

【关于作品】

《三月雪》中蕴含着一个动人的革命故事：龙山是一个新收复的据点，全村没有一名党员，却有不少伪军家属、国民党员。刘云，一位女共产党员，带着年幼的女儿小娟（李淑娟），以教员的身份做掩护，来到龙山开展工作。她很快在那里完成了调查工作和发动群众的酝酿工作，进而在上级周浩的支持下，领导这个村庄成立政权和武装，斗倒了地主。但是，逃跑的地主头子宫庆德带领伪军奔袭而来，刘云等遭到杀害。在克复徐村的战役中，年幼的小娟出现在救护队里，而正是在那一场战斗中，她的杀母仇人宫庆德被打死了……

这个作品讲述了一段完整的革命故事，塑造了刘云这样一个女英雄的形象。作品在叙述方式的探索上非常成功。刘云的革命行动，主要是通过她女儿小娟的儿童视角观察的；周浩又以更开阔的视角见证了刘云的革命功勋和小娟的成长历程。多个视角相接力，共同完成故事的讲述。在那个年代有这样自觉的叙事意识，实在是难能可贵。作品的意蕴丰厚，不仅是一个革命者流血牺牲的故事，也是一个革命传统得到下一代传承的故事。

一

深夜，党委书记周浩才回到自己的办公室。这是他调到师范大学的第四天晚上。

周围静静的。他打开灯，在桌前坐下米，拿出白天中义系学生支部送来的五份入党志愿书。需要事先看一看，以便在下次党委会上审查批复。

他仔细地一份份地翻阅着。

突然，一个熟悉的名字跳入他的眼里——李秀娟。

他激动而匆忙地找到"家庭"栏，上面写着："父亲李维民，四十五岁，共产党员，现在工业部工作了。"下面括号里写着："母亲刘云，共产党员，一九四三年牺牲。"

他几乎不相信自己的眼睛，用手指指着一个字一个字又读了两遍。

一点也不错：李秀娟……李维民……刘云……一九四三年牺牲。

他扶着桌子站起来，几乎是大声地自言自语着：

"呵！生活中真有这样巧合的事情，真有这样巧合的事情！这竟是真的？"

他拉开门，要立即打发人去找来那个他寻找了十几年没有找到的人。

但是已经是深夜了，一切人都就寝了。

他返回屋里，匆忙地打开自己存放文件的皮箱，从箱底拿出一本破旧了的日记本。他的手因过于激动而有些颤抖。本子当中夹着一枝干枯了的、洁白的花。他轻轻拿起那枝花，凝视着，在他的眼前又浮现出那棵迎着早春飘散着浓郁的香气的三月雪，苍郁的松林，松林里的烈士墓，三月雪下牺牲了的刘云……

他放下那枝三月雪，慢慢地翻着本子，过去的一些生活片断又浮现在他的面前。

二

那是艰苦的一九四三年。

那时，他正在胶东一个边缘地区担任区委书记。反"蚕食"斗争正在紧张的阶段。初春的一天，从县委派来一个三十多岁的女同志。她穿着很朴素，完全是农村妇女的打扮，眉宇间显出一种高雅、善良而又刚毅的神情。她带着一个十一二岁的女孩子。县委的介绍信上写着："兹介绍我党党员刘云同志到你区协助工作。此致周浩同志。"后面又注了一行小字："刘云同志系李维民同志的爱人。所带女孩是他们的女儿小娟。"

"我们认识一下吧，"周浩请她们坐上土炕说，"我就是周浩，李维民同志是我的老同志老上级，可是我们却还不认识。你是最近从鲁南回来的吧？"

"一月中旬回来的。"刘云说。

"你怎么没有留在县委工作？"

"为什么哪？"刘云笑起来，"县委的人已经够多了。难道你这里不需要人吗？"

"不是，你没有明白我的意思，我是说……"

"我明白你的意思，"刘云笑着打断他的话，"告诉你，维民调到区党委学习去了。"

"学习去了？什么时候走的？"

"四天前。"

他忽然觉得没有话说了。停了一会儿，刘云笑了笑说：

"给你介绍一下我们的小闺女吧。这孩子有点认生，到了生地方不愿说话，可是一熟了，话就说不完。小娟，这是你周叔叔。"

"周叔叔。"

这时他才很好奇地看了一下坐在炕上的那个女孩子。她圆圆的脸，齐耳的短发，一双乌黑的眼睛落落大方地盯着他，脸上带着安详而沉静的表情，眉宇之间有着她妈妈的那种神情。身上穿着一套旧灰军衣改成的棉衣。看来，妈妈是很费了一番心思的，衣服做得那样合身，使得这个小姑娘在沉静中又显得有些精干。

"你听，一口鲁南腔，在鲁南长大的。"刘云用爱抚的眼光看着自己的女儿说。

"这话音倒很好听。"周浩说。他又转向小娟："怎么样，小娟，喜欢不喜欢我们这地方？"

小娟看着妈妈，妈妈也正在看着她，于是母女俩一齐笑了。

小娟笑得是那么天真。最后妈妈说：

"我们这小闺女一来就喜欢上这地方了。在县委住着的那几天，成天磨在海边上，连吃饭都忘了。为这事，还受了我和她爸爸好几次批评。"

"怎么样，接不接受批评？"周浩被这母女俩的愉快所感染了。

"让小娟说吧！"

可是小娟只是笑着不说话。最后还是妈妈说：

"接受，可就是光接受不改。"

小娟仍然沉静地微笑着，眨着一双大眼，时而看看妈妈，时而看看这个新认识的周叔叔。

"上学没有？"周浩又问。

"没有，"刘云说，"我自己教她。你看我三天两日就调动，孩子哪能到学校上学。"

"不过还是到学校学习好些。"

"是呵，尤其是工作一紧张，就把孩子的学习忘了。不过有利的一点是我以前还教过书。"

"这我倒不知道。"

"教过书，"刘云接着说，"那时是为了在敌占区的一个镇子上做秘密工作。一直到四○年，一个叛徒叛变了，站不住脚，才跑了出来。"

"哦！"周浩沉思地应了一声。就在这时，一个计划在他的脑子里闪了一下……

第二天刚吃过早饭，刘云就领着小娟找到周浩，问道：

"我的工作决定了吧？"

周浩没有立刻回答，他望着她，好像要从她那里寻求什么回答似的，停了一会才说：

"决定了。"

他为这个决定曾犹豫了一夜，他不知多少次要改变这个决定，然而现在，他终于说出了那三个字——决定了。

"你请坐，刘云同志。"他过去把门关上，把站在炕边的小娟抱到炕上，问小娟吃饱了没有，昨晚睡觉冷不冷。可是刘云已看出他是在掩饰自己的激动。她看着他，从经验中，她预感到将有什么严重的谈话。

"事情是这样的，刘云同志，"他终于说了，声调是严肃而缓慢的，"这不算最后的决定，你还可以提出意见。我是觉得你过去曾经做过这样的工作，有经验，又是个有孩子的女同志，不引人注意。我们准备派你到龙山去。"

"就是上月收复的那个据点？"

"就是那个据点。"

"我没有意见，你给我写介绍信吧。"

"不需要带什么介绍信。"

"这是为什么？"

周浩苦笑了一下："把你介绍给谁呢？那是个空白村，没有党组织。"

"空白村？"刘云重复了一句，这三个字竟这样使她激动。以前，自己曾经历过困难，也经历过危险，可是时时都有自己的同志在身边。如今，自己第一次要一个人来应付一切。但是，难道自己能说出不去的话吗？

"我们的意见是，"周浩接着说下去，"你还像过去一样，以教员的身份到那里工作。"

刘云沉默地望着他。

周浩走过来坐在刘云的对面：

"你知道，刘云同志，事情会很困难。那是一个很复杂的村子，国民党鲁东行署在那里住过，敌人在那里安过据点。据我们初步了解，全村三百多户人家中，有二十多户伪属，有三十多个国民党员。估计，潜伏的特务也有。徐村离敌人新的据点那里只有三十多里路。"

"这些都没有什么，困难的是只我一个人。"

"不过，那里也有我们的人。你去找到烈属李凤英，她会向你把情况介绍得更详细些。而且她是你第一个发展的对象。"

"区委关于任务方面的指示是什么？"刘云问。

"任务是这样，你争取在短时期内，大体说，在两三个月内，把村里情况摸清，结合着做一些发动群众的酝酿工作。我们研究一下情况再指示你下一步的工作，一般地说，是发动群众，反奸诉苦，建立我们的武装和政权。"

刘云点了点头。

"再者，"周浩接着说，"你不必隐藏你曾经是一个干部的身份。你是外地口音，一听就听得出来，你越隐藏，那些坏家伙会越疑心。你就说以前在县政府做缮写员，现在复员了，到地方来做教育工作。"

"好吧，我是不是马上就走？"

"下午再走吧，一会王公安员回来，他还有一些比较具体的情况再向你谈谈。你有武器吗？"

"有。"

"我不知道这孩子应该怎样安置？"

"你说小娟，当然我要带去，这孩子从来也没有离开过我，在我眼前我还放心些……"

下午，刘云带着小娟走了。周浩把她们送到村头。小娟愉快地挽着妈妈的手走着，时而弯下腰去，采摘着路旁初春的野花。分手的时候，她向周浩扬起手，说：

"周叔叔，再见。"

"再见，跟你妈妈去好好念书。"周浩笑着招了招手。但当她们转回身去的时候，他的脸色却立刻沉下来了。他出神地望着小娟远远离去的身影。如果说，昨天晚上他主要是为刘云的命运担心，而现在，他却更多地在为这孩子担心。

三

三月初旬，周浩决定亲自到龙山村去看看。

他到了龙山村的时候，已经是傍午了。村里静悄悄的，街上一个人也没有。敌人给这个山村留下了满目的荒凉：到处是烧毁和拆毁了的房子，满街堆着碎砖烂瓦，许多人家在墙角搭一个草棚住着，遮不住风，也挡不住雨。

他从一个蹲在墙角晒太阳的老头那里打听到学校的地方。

学校在村南头的一所破庙里。院墙都坍倒了。教室的窗户也完全没有了，上面安着用秫秸扎的窗棂。到处是乱石堆，到处是荒凉。但在荒凉中却显出一些经过人整理的痕迹，使人感到一些生气。

静悄悄的，东边小厢房的烟囱冒着烟。他便向东厢房走去。

推开门，他看到小娟一个人在做饭。小娟听见门响，转回头来。

一看见他，脸上马上浮现出笑容，跳起来，一只手提着一根拨草的枝条，一只手拉了拉衣襟，叫道：

"啊，周叔叔，是你啊！"

周浩弯下身抱住小娟，爱抚地问：

"怎么，你在做饭，你妈妈呢？"

"我妈妈访问去啦。"

"到哪里访问去啦？"

"到村里呀，她天天晚上，还有星期日，都去访问。"

周浩放开小娟，开始打量起这小屋来。靠南是一铺炕，炕上放着一小卷行李，贴炕是一个锅台，地下一张小书桌。

"怎么小娟，你们就住在这里吗？"

"嗯。"

"为什么没有到李婶子家去住？"

"李婶子来叫了我妈好几次，她不去了。"

"为什么？"

"我不知道。"

灶里的火烧到灶口外边了。小娟哎呀了一声，急忙跑过去用脚踏熄，又转回身来说：

"你坐下来，周叔叔。你渴了吧？我揭开锅盖舀点水你喝。"

周浩摇了摇手，走过去在炕沿上坐下，望着小娟用枝条一点点地把草拨到锅底下去。

"怎么样，小娟，这地方好不好？"

"刚来的时候觉着不好，这会儿觉着好了。"

"那是怎么的？"

小娟笑了，没有回答。停了一会却说：

"你知道，周叔叔，这西面山上可好玩啦。"

"嗯，你去过？"

"去过，跟小英一起去的。那山上那么多的迎春花，还有棵三月雪，开花了，雪白雪白的，那么香呀，一走到山根下就闻见了。"

"你们看见烈士墓没有？"

"看见了，就在三月雪那里。小英说，那三月雪下埋的是个女同志。你知道不知道，周叔叔，真是个女同志吗？"

周浩点了点头。小娟的话使他想起了独立团那个年轻的女卫生员，那个有些孩子气有时又那么严肃的卫生员。还有，自己的战友高剑同志。他们牺牲整整一年了。如今，三月雪又开了，可是他们却永远长眠在那青山上……

"小娟，你和你妈妈这些日子过得怎么样？"停了一会，他问小娟。

小娟看着他，看样子是不知怎么说才好。周浩又问：

"有学生来吧？"

"来啦，六十四个，一二三四年级都有。妈妈两边上课。我也上课了，在二年级。"

"有书没有？"

"没有，妈妈自己编的。"

"村里有人管学校吗？"

"有个文教主任，叫宫庆德，鬼子在这里的时候就管学校。妈说他是个恶霸。他老找别扭，粮食也不给，草也不给，上星期一天多没做饭了。"小娟怨愤地说。

锅里咕噜咕噜响起来，屋里弥漫了蒸气。小娟打开门，把剩草抱到门口，拿起扫帚扫起地来。

"以后怎么又给了?"

"妈妈起初对他说好话，他不听。以后妈妈说：'走，小娟，咱们回区上去吧!'他就着急了，下晌就送东西来了。"

"下晌就送来了?"周浩笑起来。

"嗯，刚吃过晌饭就送来了。直给妈妈说好话，说，不关他什么事，是老百姓不给。妈妈说，就是他坏。我看也是他坏。"

"你怎么看出他坏?"周浩把小娟拉到身旁，握住她的手问。

"和鲁南王庄那个地主一模一样，留着小胡子，那么胖。——嗳，周叔叔，他们还给贴了帖子。"

"什么帖子?"周浩急忙问。

"就是纸呵，写了一些字，贴在教室外面墙上。"

"在哪里?"

小娟拉开抽屉，从一叠书和本子当中抽出一张折叠着的白纸来，周浩翻开一看，上面写着：

"不识字就别来教书，白吃老百姓的粮食!"

"谁看见的?"周浩仔细地把它叠起来。

"我看见的。早晨我去打水，一下子就看见了，我就告诉了妈妈。妈妈就去把它揭下来了。"

"你妈妈说什么?"

"妈妈什么也没说，就笑了笑。吃饭的时候，妈妈说，这些东西真坏，以后还不知想出什么坏主意来呢，说叫我小心点。"

"是呵，"周浩看着小娟的脸说，"是要小心，小娟，这村子有不少坏人。"

"那一天，妈妈叫我上文教主任家去要草，他还问我哪!"

"问什么？"

"问妈妈呀！"

"问你妈妈什么？"

"问妈妈以前在哪做什么。他还说妈妈怎么好，怎么好。"

"你说什么？"周浩急忙问。

"我说妈妈在县政府工作来，老是写什么，以后县上精简啦，她就来教学啦。"

"呵，好小娟，谁告诉你这么说的？"

小娟做了个顽皮的样子，两眼故意睁得大大的，认真地说：

"是你教给妈妈的呀！"

周浩一把把她横托起来，在地上旋转着，笑道：

"你这个小姑娘，你这个小姑娘……"

小娟大声笑起来，喊着：

"嗳，周叔叔，我头晕了！"

正在这时，刘云推开门跑了进来，一看见周浩，惊喜地说：

"哎呀，是你来啦，太好了，我正想找你去哪！"

周浩放下小娟，笑着向刘云问：

"怎么，访问完啦？"

"嗯，到西庄上去串了个门。"

"对，西庄上应该多去走走，那里差不多都是基本群众。可是，你为什么住在这里，不住到李凤英家？"

"住在这里照顾学生方便些。不过，住些日子我就要搬过去。"

"不，应该早一点搬过去，这地方太偏僻了。"

刘云略微摇了摇头说："不要紧，现在还没有惊动他们，不会有什么事。——你什么时候走，我准备把这一阶段的情况向你报告一下。”

周浩笑着望了望小娟说：“基本情况你的小报告员已经向我报告了，给你贴的帖子，还有一天多没吃饭。——怎么样，是不是我去跟那个文教主任谈谈？”

“不用，暂时我还应付得了他。你知道，根据初步了解，他可能是个中心人物。”

“很可能。在群众没有发动起来之前，在我们还没有动手之前，千万不要惊动他。多注意他一些，了解得彻底，打得才能有力、准确。维民来信没有？”

“没有。”

周浩想了想说：“这样吧，我先到西庄宫本才那里去趟，情况晚上谈，在李凤英家。”

“可真是，”刘云说，“你说起宫本才我想起来了，你知道他在群众中很有威信，是个很好的干部。”

“是呵，他很早就跟我们接近了，可以很快地发展他。”

“你在这吃过饭再去吧。”

“我到宫本才那里吃去吧。”

“你今天还回区吗？”

“不，明天回去，明天我还要到烈士墓去看看。”

他拿起小包裹向外走去，一转身看见小娟，就又停下来，对刘云说：

“你们这小姑娘太好了，我太喜欢她了。”

刘云望着小娟，笑着说：

“喜欢，就给你吧，我正嫌带累我哪！”

“听见没有，小娟，”周浩略微弯下身来向着小娟，“你愿意吗?"

小娟向妈妈使了个眼色,清脆地答应着:

"愿意,明天我就跟你走。"

刘云笑起来,说:"怎么样,这下你可惹麻烦了,我看你可怎么办吧!"

"不怕,不怕,"周浩也笑起来,"区上正少个炊事员哪,我看你们这个小炊事员蛮合格。"

小娟送周浩到大门外,低声对周浩说:

"周叔叔,明天到烈士墓去,我也去。"

"好,我一定来领你。"

"咱们哄哄我妈,就说我跟你到区上去。"

"好,一定这样。"

周浩到西庄上和几个自己认识的农民谈了一下午。晚上听了刘云的汇报,做了一些指示。小娟没有跟妈妈去,她到自己的同学小英家玩去了。

第二天早饭后,周浩到了学校。还没有上课,院子里充满了孩子们的笑闹声,荒凉的古庙沉浸在一片天真的欢乐里。

周浩在门口向刘云打了个招呼,说他要走了。

小娟跑到妈妈身边说:

"妈,我跟周叔叔去了。"

妈妈哪里知道他们已商量好了,还笑着说:

"对,跟着你周叔叔去吧,去给他做饭去。"

小娟笑着跑到周浩身边,拉着周浩的手,沿着小路向西走去。

刘云站在门口望着,起初还笑着,以后笑容却逐渐收敛起来,最后,终于叫起来:

"小娟，不要跟你周叔叔开玩笑了，回来吧，好上课了。"

小娟一面走着，一面回头看着妈妈，听见妈妈叫她，就悄悄笑着说：

"你听，周叔叔，妈妈说我跟你开玩笑哪！哎哟，我得跑回去跟她说一声，要不，再走几步她就要来赶我啦。"

周浩停下来。小娟向妈妈跑去，看得出她在向妈妈说好话，央求着，最后妈妈终于同意了，她欢天喜地地跑了回来。

"答应了。"她一面跑一面说，"可是叫我早点回来，还说叫你把我送到村头。"

"不，我把你一直送到她手里。"周浩拉住小娟的手说，"你妈太亲你了，小娟！"

"人家都这么说，"小娟紧靠着周浩，一面走一面说，"我一天也离不开我妈。有一次，那还是在鲁南，她去开会，把我放在一个周大娘家里，她说两天就回来，可是到第四天还没回来。我想呀，简直想得不行。"

"哭没哭？"

小娟羞涩地笑着低下头去，用脚踢着路上的小石子。

"哭了吧，哭得周大娘都没有办法啦，是不是？"

"谁说呀，没有。"小娟仰起头来，"我就哭了两次，是在村头上望我妈妈回没回来的时候哭的。"

"不对，睡觉时还哭了三次。"

"没有，没有，就哭了一次。"小娟大声地争辩着。

"好吧，就算一次吧！以后怎么样，以后妈妈就回来了？"

"嗯，第四天我都睡觉了，她才回来。"

"一看见你妈妈就又抱着她哭了，是不是？"

"谁说的，是我妈告诉你的？"

"不是。反正我知道。"

"那还算哭呀，也没哭出声来。"

周浩大声笑起来。他忽然想到孩子们有时会想出一些奇怪逻辑来。

初春的阳光温暖地照着大地，新耕的泥土发散出一股清香。山路沿着山涧蜿蜒着，清澈的涧水越过一个个圆石，潺潺地向东流去。路旁山坡上已泛出一片青绿，一丛丛野花迎着春风盛开着。时而有几队迟归的雁群在晴空中掠过，发出一阵阵嘹亮的鸣声。

走近山脚的时候，忽然一阵春风吹过，带来了清冽的花香。小娟说：

"周叔叔，你闻见没有？三月雪！"

"闻见了，好香呵！"

他们停了停，便向山上走去。小娟问：

"这花为什么开得这么早？"

"是呵，有些花是开得早的。"

"那个女同志小英说是上年才牺牲的。"

"是上年才牺牲的。"

"你认识她吗，周叔叔？"

周浩点了点头。小娟看了看他的脸色，便没有再问下去。

山路两边是一片松林。一阵风吹来，松林发出浪涛般的呼啸声，给人一种严肃、悲壮的感觉。烈士墓在山腰的一块平坦地上，周围是一片粗壮的苍松，墓地当中就是那棵盛开着的三月雪。在松树旁，在三月雪下，散布着十几丘坟墓。

周浩静默地站在坟墓前。那已经度过的苦难的岁月，艰苦的斗争，亲密的战友……一些鲜明的记忆在他的脑子里浮现出来。高剑同志的强壮的身躯，瘦削而苍白的脸；那个小个子战士李小保；还有，那个年轻的女卫生员，那齐耳的短头发，一双大眼……真的，她跟刘云有许多相似的地方，小娟再大一点就会很像她……几个月以前，她还住在区委隔壁的房子里，每当黄昏的时候，便会听到她那清细低沉的歌声：

> 在北方，广漠的平原上，
> 年轻的姑娘背着枪，
> 献一束鲜花，
> 给死去的娘。

谁会相信呢，如今，她却静静地躺在那棵三月雪下，歌声、笑声永远消逝了。他用力地挥了一下手，像是要赶走这些回忆，转回身，拉住小娟的手说：

"来，小娟，咱们坐一会。"

他们坐在一棵大松树下的青石上。南风穿过松林发出呼啸的响声。偏东的太阳透过浓密的松叶在地下的嫩草上撒上了斑驳点点的阳光。风吹着，松树摇晃着，阳光在草上不安地跳动着。

"周叔叔，是那个坟吧？"小娟指着三月雪下的那个坟墓问。

"你是问那个女同志？"

"嗯。"

"是那个。"

"她是个什么样的人？"

"她呀，是个共产党员。——哦，你是问她长得什么样？嗯，有些像你，短头发，大眼睛，也穿着灰衣服。"

"她家是哪里？你认识她妈妈吗？"

"她的家呀，在这北面，离这很远。她妈妈很早就牺牲了。"

"她妈妈也牺牲了？"小娟惊奇地问。

"嗯。"

小娟沉默起来。停了一会，又问：

"周叔叔，共产党员什么样？"

"就像平常人一样。"

"他们都在部队上是不是？"

"谁对你说的？"

"妈妈讲课时说的，说他们打仗都很勇敢。"

"对了，他们都很勇敢。"

"他们怎么就成了共产党员了呢？"

周浩爱抚地摸着小娟的头说：

"我怎么能对你说明白呢，小娟？你长大了慢慢地自己就懂得了。"

小娟瞪着一双疑问的大眼睛望着周浩。

"咱们回去吧，小娟，你看天快晌了，回去晚了，你妈要着急了。"

周浩一面说着一面站起来，小娟也跟着站起来。周浩拉着她的手走出松林，站在一块大岩石上。向山下一看，远山重叠起伏，河流蜿蜒地伸向远方，许多村庄零落地散布在河流旁和山谷中。向上一看，山峰像插屏似的直耸在面前。小娟神往地说：

"这地方真好，站在山上，我就觉着我好像长大了。"

"是啊，这地方真好……"周浩沉思地说。

四

在紧张的斗争中，时日更迅速地流了过去。五月中旬的一天，周浩来到干部们"碰头"的一个集上，刚听完了几个村的工作汇报，这时门忽然推开了，小娟跑了进来。

"啊，是小娟！你怎么跑来了？"周浩从炕上跳下来，惊异地问。

小娟没有立刻回答，站在炕边，解开外衣扣，从怀里掏呀，掏呀，掏了半天，掏出一个纸袋来，双手递给周浩，说：

"我妈叫我把这个送给你。"

周浩先不打开纸袋，把一只手放在小娟肩膀上，问：

"你怎么来的，小娟？"

"宫本才大爷领我来的。"

"他在哪里？"

"到集上卖草去了。他说过一会就到你这里来。"

"怎么，就走着来啦？"

"嗯。回去骑着宫大爷的驴。"

"哎呀，走了三十多里！"周浩把小娟抱在炕上，"为什么必得让你送，让宫大爷捎来不就算了？"

"我妈说是要紧的东西，她自己要来，可是没人替她上课。"

周浩拆开纸袋，一看，原来是两份入党志愿书，李凤英和宫本才的，还有一份工作报告，工作报告上详细写着村里的一切情况。

"好呵，太好了！"周浩一面看，一面自言自语地说，"小娟，你知道这是什么？"

小娟瞪着一双疑问的大眼摇摇头。

"太好了，小娟，你送来的东西可真是要紧的东西，你妈妈呀，可真是个好妈妈！"

小娟感到说不出的愉快和兴奋：周叔叔这样夸奖妈妈，而自己呢，又能送来这么一件要紧的东西。要知道，这东西，除了妈妈，谁都不能送来。

"喂，小娟，告诉我，你和妈妈这些日子怎么样？"周浩把文件装到口袋里，坐在炕边上，把小娟揽到自己的身边问。

"我们搬到李大婶家去了。"

"什么时候搬的？"

小娟偏着头想了想，说："有十几天了。他们扔石头的第二天就搬过去了。"

"什么，谁扔石头？"

"那些坏蛋呵。那天晚上我和妈妈刚躺下，"小娟面比量面说，眼睛都发亮了，"咕咚，一块大石头扔在窗上。妈妈马上把我推到墙角，挡着我。咕咚，又扔了一块，窗棂子也打断了。妈妈悄悄和我说：'小娟，别害怕！'我说我不害怕。妈妈又说：'别害怕，小娟，我打枪了。'妈妈拿出枪来，朝窗外砰地放了一枪。那些坏蛋通通地就跑了。"

"啊！还有什么？"

小娟想了想说："没有什么啦。——嗯，还有，学生这会儿有八十二个了……还有，那个文教主任呀，这会儿也好了，老向妈妈说好话。可是妈妈说他可坏啦！"

"对啦，小娟，你妈妈说得对，他是个顶坏顶坏的坏蛋！"

"今儿我在路上还碰见他来。他坐在大车上，一看见我，就笑着说：'你到哪去，小娟？来，来，快来坐在车上！'又吩咐他的长工：'老王，快把小娟抱上来。'"

笑容在周浩脸上消失了，他看着小娟，听她说下去。

"我不上去，他把车停下来，非叫我坐上去不可。宫大爷也站下了，看着我。我就撒了个谎，我说我还得上李村去找小英。——周叔叔，你认得小英吗？就是那天早晨站在门口的那个孩子，她跟我可好啦！……我说我还要到李村去找小英。小英她姥姥住在李村呀。宫大爷也说：'叫她跟我走吧，走李村那条路，不能行大车。'他就赶着车走了，还说：'小娟，要买什么东西，到集上找我，到集当中打听福顺永，就找着我啦。'"

周浩站起来，搓着手，在炕前走了几步，自言自语地说：

"哼，看起来他已经警觉了，这些家伙！"

"你说什么，周叔叔？"

"没有什么，小娟，你做得真对，你真是个好孩子了！"

这时门开了，区公安员王文礼同志走了进来。周浩掏出那个纸袋说：

"老王，你看，龙山的报告来了。太好了，情况和我们估计得差不多。现在一切都清楚了，头子正是那个家伙。怎么样，我看可以动手了。"说着又拿出那两份入党志愿书来。"一个战斗的核心也要建立起来了……"

吃了饭，一会儿，宫本才也来了。周浩又和他谈了谈村里的情况。最后，写了封信交给小娟，说：

"小娟，把这封信带给你妈妈，千万别掉了。"

小娟答应了，把信接过来装在里面衣裳的口袋里，把外面衣裳拉好，又隔着衣裳按了按，还摸得出那有些发硬的报纸信封。

周浩把他们送到村头，亲自把小娟抱到小驴上。

五

在接到刘云报告的第二天，区委召开了会议，研究了龙山的报告，批准了龙山的两名党员入党，决定在龙山成立一个党支部，并对龙山的工作做出了决议：龙山的调查工作和发动群众的酝酿工作已经完成，下一步要轰轰烈烈发动群众，成立群众团体，反奸诉苦，建立人民政权和武装，严厉打击那些投敌的反动恶霸地主。

周浩亲自到龙山去执行区委的决议。

暴风雨般的斗争展开了，各群众团体成立起来了，群众武装也建立起来了。连续召开了几次斗争大会，斗争了六七个反动的恶霸地主，逮捕了其中最反动的有罪行的两个，选举了村政府人员。龙山翻了一个身，劳苦群众第一次掌握了政权。

但是，在斗争中，由于一时疏忽，却让龙山反动恶霸地主宫庆德逃跑了。

在斗争中又发展了十几个积极分子，党的组织扩大了，选出了新的支委会，支部书记刘云，支委宫本才、李凤英。

工作大体告一段落，周浩要回区委了。行前，他对刘云说：

"工作是轰起来了，但是要巩固已得的胜利，还得做许多工作。这个村是我们边缘区斗争的基地，敌人绝不会甘心，艰苦的斗争还在后面，所以区委决定你仍然留在这里坚持这个村的工作。"

"我同意区委的决定。"刘云说。

"你是不是放下学校这工作？现在用不着这半地下工作的职

业了。"

"不，我跟这些孩子已经很熟了，我真舍不得离开他们。再说，这样对我的工作只有好处，没有坏处。只是现在学生已经有一百五六十了，我希望能派个人来帮助我。"

"好吧，你愿意这样就这样。人，我回去研究一下，一定派来。"

周浩走的时候，小娟一直送他到村外。在这村工作的两个月，小娟和他更亲近了，几乎成了他的临时通讯员，找人开会啦，送通知啦，都是小娟的事。

山路折入山谷里，他翻上前面一道山梁的时候，回头一望，小娟还伫立在村外那石崖上，好像在向他挥动着手中的草笠。

秋风凉了，一队队雁群开始向南飞去。田野和山谷，到处响着一片秋虫的鸣声。

区里的形势开始恶化起来，敌人纠集了一部兵力，以徐村为据点，向根据地逼近。他们采取了夜晚奔袭、暗杀的手段，企图摧毁我们边缘区的政权和武装。

徐村附近几个村的武装和党组织都被敌人破坏了，龙山村已成为对敌斗争的前沿。

战斗频繁地残酷地进行着。周浩亲自率领区武装小队和一部民兵，活动在边缘区情势吃紧的一带村庄。

九月下旬的一天，周浩在一个山村里召开边缘区几个村庄的武装干部会议。深夜，会议正在进行着，这时，门猛地推开了，通讯员奔进来，交给他一封"十万火急"的情报。他急忙撕开就着灯光一看，脸色立刻变了，他只交代了一句："会议由区武装部长主持继续进行。"便跑出去，跳上马，带了四个战士，向龙山驰去。

情报是：龙山遭到敌人奔袭。

周浩恨不得立刻飞到龙山。五匹马沿着山涧奔驰着，夜风迎面掠来，马蹄踏着碎石发出闪闪的火花。

他们驰上龙山北面的一个高岗。

大火。几响稀疏远去的枪声。

他抽出枪，直冲向山下的龙山村。

街上阒无人迹。火光在西庄，他奔向西庄。在远处，就听到吵嚷声。奔到近前一看，人们正在救火。他勒住马，俯下身子，一把拉住一个担水的青年，高声问：

"怎么回事？"

马蹄声惊动了人群，人们愣了一愣，但即刻便认出他来，人群围了上来，乱嚷嚷地诉说着事情的经过：

"把农救会长和刘老师抓走了。"

"把农救会长的房子点上火了。"

"李凤英家的房子也放上火了，没烧得起来。"

周浩在吵嚷声中，大声问："民兵队长哪去了？"

"领着民兵追去了。"

他挥了一下手，率领着战士们便向西追去。刚出西庄村头，迎头遇见村长领着五六个民兵跑回来。周浩喊道：

"怎么样？"

村长向他报告说：敌人已退回徐村了，人是带去了还是怎么的，这会儿弄不清。民兵队长和自卫团长正领着民兵在山上搜寻。又说，领着敌人回来的是宫庆德，有人听见他的喊声。

周浩半晌没言语，最后猛地捶了一下自己的腿，恨恨地说：

"这个坏蛋!"

他指示村长加强村里的警戒,便勒转马,向村南李凤英家驰去。

李凤英家的火已经救熄了,在淡淡的月光下,还看得出屋顶在冒着烟。十几个人在院里忙乱着什么。

他跳下马,把马缰扔给一个战士,便向屋内奔去。

屋门倒在地上。一盏油灯在闪闪跳动着。一簇妇女在地上乱喳喳地低声说着什么。

突然,一个孩子扑在他的身上,两手紧紧抓住他的衣角,接着便迸发出一声嘶哑的、颤抖的哭叫:

"周叔叔!……"

他弯下腰,紧紧抱住小娟的双肩。他要说什么,却什么也没有说得出来。

乱喳喳的谈话声立刻沉寂了,十几双焦虑不安的眼光一齐向着他。李凤英叫了一声:

"啊,周教导员,你来啦!"

乱喳喳的谈话声又响起来,十几个焦急的声音向他杂乱地报告着,询问着。他在锅台角上坐下,让大家静下来,叫李凤英简短地谈谈。

李凤英向他叙述了晚上发生的事情。

半夜,她刚睡过去,刘云急促地把她叫醒,紧迫地说:"快起来,有人跳墙进来了!"刚说完这句话,已听见撬门的声音。一秒钟也不能迟延了,刘云立即向外打了一枪,把一包东西塞在她的手里说:"快,带上这包东西,领上小娟,打后窗出去……"一阵枪声淹没了她的话音。李凤英拉着她一起走。她猛地推了她一把说："快，快，你先领小娟出去，我随后就走，一起走，一个也走不脱。"敌人这时已经在砸门砸窗了。刘云又向外打了一枪。李凤英摸黑一把抱上小娟，打后窗跳了出去。就在这时，她听见堂屋门被砸开了。但是刘云又打了几枪，敌人没敢直冲进屋。李凤英拉着小娟，翻过鲁大娘家的院墙，跳到西园，又打西园跑到西场上，把小娟藏在一个谷草堆里，就去找民兵。枪声一响，民兵就赶过来了，和敌人接上了火。过了一会儿，听见有人喊敌人退了，李凤英把那包东西交给小娟，让小娟坐在那里等着，自己回家一看，人们正在救火。她从烟火中钻到屋里，哪里还有刘云的影子，只是炕边地上流下一摊血。她急得哭起来。哪知这时小娟也跑了回来，一看妈妈不见了，立刻哭喊着要去找妈妈，人们好容易才安抚住她……

这时，鸡已经叫第一遍了。夜风从敞着的门窗吹进来，人们冷得直打寒噤，但谁也没有离去，围着一盏闪闪的油灯，站着，坐着，沉默着。小娟昏迷地伏在周浩的身上，不时发出一声深深的、颤抖的抽噎。鸡叫第二遍了，民兵一批一批地回来，都说没有找到，一定是带回据点去了。东方闪亮的时候，自卫团长冲了进来，对周浩低声说：

"找到了，在烈士墓那里。"

周浩看了他一眼，从他那神色和语气中，已知道找到了的是什么。他慢慢地站了起来，摇醒小娟，领着她向外走去。屋里的人也都默默地站起来，跟在他的后面。

门口还围着许多人。人们低声交换着几句简短的话，随后便跟在他后面向龙山走去。

树叶枯黄了，飘落的叶子和枯草上，覆盖着一片寒霜，石堰下传来几声断断续续的秋虫的鸣声。

快要到烈士墓的时候，他把小娟交给了李凤英，叫李凤英带她先在下面坐一会儿。小娟哽咽着一定要跟着上去。他一只手扶着小娟的肩膀，俯视着小娟说：

"小娟，你是个好孩子，为什么不听我的话呢？"

小娟瞪着一双含满泪水的大眼直直地望着他，最后，慢慢地走向路边，坐在撒满白霜的石堰上，放声哭起来。

他和自卫团长、村长等到了上面的烈士墓，一幅惊心动魄的惨象呈现在他的面前：农救会长宫本才被绑在一棵松树上，小娟的妈妈、年轻共产党员刘云，被绑在那棵三月雪上——他们被敌人杀害了。

他默默地低下头，周围的民兵和随他来的人群也都默默地低下头。

依照他的意见，就在烈士墓那里埋葬了两位死难的烈士。小娟的妈妈就埋葬在那棵三月雪的下面，埋在那年轻的女卫生员的旁边。

晴天，阳光还像往日一样，静静地温暖地照着大地。没有风，松林沉默着。小娟一面哭着一面用小手拾来石块培在妈妈的墓头，又在墓前栽下两棵幼小的青松。

周浩举起枪，战士们和民兵们也举起枪，齐鸣的枪声划破了松林的沉寂，在山谷里回响着。战马一惊，一齐仰头长嘶起来。

他费了许多话才领着小娟离开了烈士墓。一夜的工夫，这孩子完全变了样子，脸孔消瘦而苍白，两只眼显得更大了。他领着小娟回到李凤英家，小娟把逃跑时妈妈给她们的那个包裹交给他。他打开一看，是一些党的机密文件，里面还有一个薄薄的整齐的本子。这是一个日记本，上面记着一些简短的、片断的话语。但从这些简短的、片断的话语中，却看出一个革命战士的心。本子中夹着一枝洁白的三月雪。

他把这些东西收拾起来，说：

"这个本子，小娟，我先替你保存着，等你长大了，我再交给你。"决定让小娟随他到区委。小娟含着眼泪收拾着妈妈的每一件东西。李凤英也落着泪帮助小娟收拾着。

周浩召集起村干部，做了一些指示，过晌便带着小娟回区委去。刚走出村头，一群孩子从一丛枣树后面拥出来，团团地围住小娟，但什么也不说，只是瞪着泪汪汪的眼睛望着她。停了一会，周浩说：

"回去吧，孩子们，回去好好念书吧！小娟呢，暂时跟我去，过几天还会回来看你们。"

孩子们闪开一条路，一直望着他们走远。

六

周浩把小娟安置在区委隔壁的周大娘家，就是以前那个年轻的女卫生员住过的地方。

当天，他听完区武装部长的报告，已经是黄昏了，他向隔壁周大娘家走去。

小娟站在门口，两眼流着泪，呆呆地向西望着。西面是重叠迷蒙的远山，山上是几朵暗淡下去的红霞。

他俩坐在门前的石阶上。不知是由于悲痛，还是由于寒冷，小娟靠在他的身旁瑟瑟地直抖。他把外衣给小娟披上，抚摸着她的头发说：

"小娟，我已经给你爸爸写信了，过不几天，他就会回来领你的。"

一听说起爸爸，小娟哽咽得更厉害了。

唉！对这孩子说些什么呢？世界上有什么语言能够安慰一个失去母亲的孩子的心！

他沉默了一会儿，从口袋里掏出一个本子，低声说：

"小娟，你妈在这个本子上给你写了几句话。"

小娟立刻仰起泪水纵横的脸望着他，极力抑制着哽咽。他慢慢打开那个本子，翻了几页，慢慢地念着：

"我老是在想着小娟长大了会是什么样子。这孩子聪明、善良，却有些软弱。我担心她不能在这艰苦的斗争中长大起来，谁知道等待着她的是些什么呢？但我希望能把她教育得坚强起来，希望胜利会早日到来，让她在胜利和幸福中长大……"他轻轻合上本子，注视着小娟的脸，低声问：

"小娟，你明白你妈这些话的意思吗？"

小娟一句话也不说，好像在深思着什么。他接着说：

"要记着你妈的话，小娟，不要软弱，要像你妈妈一样坚强。"他摸出手巾，给小娟擦着脸上的泪水，继续说：

"你知道那个女卫生员的故事，小娟，她也是在像你这么大的时候，妈妈就让敌人打死了。她埋了妈妈，就参加了八路军，给自己的妈妈报了仇，也给别人的妈妈报了仇，以后又成了共产党员。——可是，小娟，你知道你妈妈是个什么样的人吗？"

小娟茫然地摇摇头。他直看着小娟的脸，几乎是一个字一个字地说：

"你妈妈，小娟，也是个共产党员，一个很好的共产党员。"

小娟直直地望着他，两只眼睛忽然亮起来。也许，她在回想着妈妈讲的那些共产党员的故事，也许，在想妈妈的一些事情。最后，她轻轻地吐出了一句话：

"妈妈从来也没有说过……"

周浩领她站起来，默默地向屋里走去。

七

从这天以后，周浩看得出小娟在努力克制着自己的悲痛，起初还偷偷地跑到河边上望着西山哭，以后就很少哭了，脸上也逐渐恢复了天真的笑容。但是在那天真的笑容里，却显露出一种一般孩子所没有的深思的、严肃的神情。每次当他回到区委的时候，小娟便同他谈这谈那，特别是谈那个女卫生员的故事，却从不谈自己的妈妈。他也不愿提这事引起孩子的难过。但是有一天晚上，小娟却忽然问：

"周叔叔，我妈什么时候成了共产党员的？"

"很早，很早，大概是她二十三岁的时候吧！"

小娟低声地慢慢地重复着："二十三岁。"

周浩决定让小娟继续上学念书。原先准备让她到她爸爸那里去，在爸爸面前，孩子也许会好过些。但以后接到小娟爸爸的回信，大意是：他所在的训练班还没有结束，工作还没决定，而且，西海区环境更不安定，小娟到那里有许多不便，希望他暂时照顾着小娟。周浩也很希望小娟能留在自己的身旁，他对小娟尽一分心，就感到减去一分对刘云的怀念；而且，这孩子现在已成了他生活中不可分的一部分了。

八

残酷的斗争继续了一个冬天。当山野泛出一片青绿的时候，斗争形势又好转了，被敌人破坏了的几个村的党组织和人民武装，又恢复了起来，区武工队直逼近敌人的主要据点徐村。

三月初，上级部署了新的战斗任务：克复徐村。

准备工作紧张地进行着，区委会里充满了战斗气氛。好几天，小娟下学回来都感到有些异样。这天，她看到了周浩，便问道：

"周叔叔，敌人又要'扫荡'吗？"

"没有，小娟，什么也没有，你放心念书去吧！"

"那些民兵都来做什么，还有独立营的队伍？"

"不要打听这些事情，小娟，过几天你就会知道的。"

十六日夜。海风轻轻吹过丘岭。几队惊飞起来的雁群在夜空中掠过，发出短促而嘹亮的鸣声。民兵、担架队、运输队从四面向区委集中。村周围密布着岗哨，街上充塞着人群，低低的谈话声和点点的烟火闪光。周浩站在门前，向着各村的民兵队长和担架运输队长发出简短的命令。队长们都回去以后，他就站在那里，从黑暗里瞭望着西方，等待着出发的时刻。这时，他的心里充满了兴奋。这一战斗之后，全区将出现一个新的局面。要狠狠打击敌人，半年来的挫折、损失，许多亲爱同志的鲜血，都要在这次战斗中取得补偿。他紧紧地握着枪把，握得手都有些发痛了。

忽然，小娟从黑暗里摸到他的面前，拉住他的胳膊说：

"周叔叔，要去打徐村是不是？"

"谁告诉你的?"周浩急忙问。

"龙山刘大爷,他是来抬担架的。"

他想了一下,低下头低声对她说:

"是,小娟,今天夜里要去打徐村。杀死你妈妈的那个坏蛋就在那里,今天夜里就能给你妈妈报仇了。"

"周叔叔,我也要去。"

"你去做什么,快回去睡吧!明天我就回来了。"

"我要去,周叔叔!"小娟执拗地说。

"你看,你这孩子怎么不听话了!"小娟迟疑了一会儿,转回身消失在黑暗里了。

队伍静悄悄地沿着村路向西行进。周浩走在队伍的前面。夜,静静的。一个个村庄落在后面,龙山也过去了。队伍沿着山路走着。忽然,一阵夜风掠过,吹来一阵清冽的花香。周浩不由得说:

"呵,是三月雪,它又开了!"

二时发起了攻击,战斗仅一小时就基本结束了。成批的伪军都缴械了。但在西南角一所院子里,却有一伙敌人顽抗着,政治喊话已经半点多钟了,敌人还不断地向外打枪。周浩高喊:

"同志们,敌人不投降,就坚决消灭他!"

随着喊声,一阵急雨般的手榴弹投向院里,战士们冒着浓烟冲了进去。十几个敌人举手投降了。周浩把枪在他们面前一晃,厉声问:

"快说,你们的队长宫庆德在哪里?"

"刚才还在这里。"

战士们燃起火把在院里搜寻起来,最后在墙角边找到了他的尸身。这个坏蛋已得到了他应得的下场。

部队在清扫战场。周浩带着一队担架队赶向李村的救护站。

救护站设在一所古庙里。屋里燃着几盏油灯。床上躺着十几个伤员。一些老大娘和青妇队员在忙着给伤员喂饭。周浩走进去，忽然看到一个小姑娘在人群中忙碌地穿过去。他急忙赶过去拉住一看，正是小娟。他不由得惊问道：

"你怎么跑到这里来了，小娟？"

小娟的脸立刻红了，愧怯地吞吞吐吐地说：

"我跟着刘大爷来的。"

"你这个不听话的孩子！"周浩生气地说。

小娟低着头，两手用力地向下拉衣角，大滴的眼泪一颗颗地落在地上。

几个老大娘围了过来，其中一个说：

"周教导员，这是谁家的孩子？今晚上可累坏了，这样的孩子真少有！"

周浩心里一阵难过，又有些后悔。他是怕这孩子出什么意外，要是那样，自己会终生负疚。现在看小娟哭了，她又没出什么事，就后悔不该这样呵斥她。孩子的心里淤积了多少悲痛和仇恨！……应该让孩子高兴才是。他替小娟擦了擦眼泪说：

"别哭了，小娟，告诉你个好消息，杀死你妈妈的那个坏蛋已经打死了！"

小娟一怔，看得出来这消息竟是那样使她震动。但是，她却忽然跑到门外，两手捂住脸放声地哭起来。

天亮了，一切都结束了。部队押解着俘虏，担架队抬着伤员向东行进。

周浩骑着马走在后面，小娟也坐在马上。

阳光迎面照来，天上幻变着一片彩霞。一只布谷鸟高声叫着从晴空掠过。

他们登上龙山。南风送来阵阵的三月雪花香。小娟忽然转回头向周浩说：

"周叔叔，我要去看看我妈！"

周浩默默地看了小娟一眼，便勒转马，穿进山路右边的松林。松林很浓密，微微响着浪涛般的声音。

他们到了烈士墓前，周浩跳下马，把小娟抱下来，把马拴在松树上，拉住小娟的手走到那棵三月雪前。

三月雪迎着阳光盛开着，放出浓郁而清冽的香气，洁白的小花像雪一样飘撒在树下的两座坟墓上。

墓上已生出一片绿草，墓前小娟亲手栽的幼松也泛出新绿，迎风轻轻摇摆着。

小娟静默地在墓前站了一会儿，然后向前走了几步，伏在墓头，缓慢地、低声地说：

"妈妈，杀害你的敌人已经被打死了。"

深山里的菊花

海默

【关于作家】

海默（1923—1968），原名张泽藩，山东黄县人。1941 年他从北平奔赴晋察冀根据地，进入华北联大文艺学院戏剧系学习；1943 年到延安，后在鲁迅艺术文学院（原鲁迅艺术学院，1940 年更名）文工团等工作；1951 年在抗美援朝战场慰问，后负伤回国；1953 年入党。中华人民共和国成立后，历任中央电影局北京电影剧本创作所、北京电影制片厂编剧。"文革"中遭迫害，含冤死去。其代表作品有：电影剧本《洞箫横吹》《母亲》，短篇小说集《我的引路人》等。

【关于作品】

八路军杨司令的儿子小文子寄养在老奶奶家里，与老奶奶的孙女丑儿建立了深厚的亲情。丑儿的爸爸为小文子种了一株菊花，小文子非常喜欢。丑儿总是替小文子保护菊花，不让任何人动它。大"扫荡"的时候，一个日本鬼子要撕扯菊花，懵懂的丑儿前来阻止，结果被日本人杀死了。

　　这个作品最成功的部分在于找到了菊花这个非常有诗意的寓意形象。荒凉的无人区忽然冒出一束菊花，这本身就是一幅非常美妙的画面，让人想到在艰难困苦中顽强生存下来的中国人民。这菊花是丑儿的爸爸专门为小文子栽下的，因此菊花就带有军民鱼水情的寓意。菊花是小文子的爱物，丑儿总是替小文子呵护它，最后为菊花而死，于是，菊花就成了两个孩子纯洁友谊的象征，成了丑儿生命的象征。

　　作品中用了第一人称"我"，但这个"我"其实在不同的地方还是有差异的：一个是现在的"我"，不断地触景生情；一个是过去的"我"，直接见证了战争年代的军民鱼水情。

　　多么美的菊花啊！和长的白色花瓣，孤单单的几片绿叶，挺立的枝茎。是风摇着它还是它拨弄着秋风呢？不过狂烈的风没能把它折断，它仍傲然地立在那里，尽管秋风掳夺去它一两片花瓣，但它却还在抗御着寒冷。

　　这是生长在深山里的一棵菊花！谁会相信在这样荒僻的地方种着这样一棵菊花？

　　这里，在平常就是人迹罕到的地方啊！何况日本人已将这里划为无人区。现在这里已经找不到一座完整的房子，没有一棵不受伤的树，没有一片未被摧残的禾苗。房子，日本人烧光了；庄稼，日本人割倒了；剩下几棵伤痕斑斑的树，也在用它们过早凋零的黄叶哀悼着这块灾难的土地。可是，就在这样的地方，就在这山峰上临时搭起的窝铺前的咫尺空地上，却有着这样一棵菊花。

　　我第一次看到这棵菊花，正是在我们队伍久战后转到无人区稍事休整的时候。

我们顺着返回的樵径向深山中走去。过了一条河，又是一条河，同样一道河要横涉无数次。渐渐，水流细小了，水也清凉了，在水源枯竭的地方，就看见了山顶。可是当我们翻过这座山时，前面又出现了更大的山，又出现了同样的河流。

越往深山中走，景象越荒凉，可是我们却越感到安全。我们的安全是寄托在队长一句话上，什么时候队长宣布无人区到了，我们就会立刻感到像孩子看到妈妈一样。

"无人区"对于久战的战士是个最温暖的字眼。在这里，尽管我们得不到像在平原上群众家中那样丰盛的招待，但却可以听见这样亲切的指责：

"同志！你是新战士吧？看你的武器，拭得不干净，得这么拭才行！"

"同志，参军几年了，这是敌人的枪响还是走火也听不出来吗？怕什么！前面有我们放的哨！"

"同志，入党了吗？你说，革命是为了什么？"

说这些话的并不是干部，常常是无人区普通的老百姓，有时还会是年轻的媳妇，未成年的孩子或是白发苍苔的老大娘。

我们对无人区的一切就像对自己手上的指纹一样熟悉，可是我从来没想到这儿会出现这样一棵菊花。

在这众山之上的峰顶，在这样一块灾难的土地上，这些久经战火残害的无人区的老百姓，怎么会有这样的闲情逸致来种上一棵菊花呢？

我们是爬过无数层大山，拖着疲惫已极的双腿到这里来的，可是当我们转过一个山坳，攀上一块险石，一眼看见了这棵菊花时，"好漂亮的花呀！"立刻同志们好像把疲劳扔在山下了，大家一下子都围了上来。

好在我们的队伍虽然号称支队，却只有七八个人，否则这仅有的一片空地是容不下的。

"别动！"一个小姑娘光着屁股从草棚里跑出来，住了大家。这个小姑娘是那样小，我以为她不过刚满两周岁，可是据她的老奶奶说，她已经六岁了。

"别动手！"谁要伸手去摸这棵花，谁的手背就会被这小姑娘干瘦的小手打上。

"你们在哪儿弄得这棵花啊？"我们都奇怪地问。

小姑娘抱着双膝蹲在花前，用乌黑的小眼看了看我然后说："是给小文子种的！"说完，她看我们都盯着她，于是她又反问了一句，"你们不认得小文子嘿？"

"什么小文子？"我们越发不明白了。

"小文子就叫小文子，比我大，尽给我捉蚂蚱！"

还是老奶奶出来才为我们把事情解释明白了："小文子是杨司令的儿子，七岁了，坚壁在我们这儿的。孩子到了山里受不惯这个罪，整天哭，我们家的老二看孩子哭得怪可怜的，趁下山去侦察的时候，到'人圈'里我们一个亲戚家中移来的苗，种上哄孩子的。看来这点土都是他用粪筐到山下背来的！唉！敌人越撵，咱们搬得越高，高到脚底下只剩了石头，连块土都没有了。"

"对啦！杨司令的儿子，他会打弹弓，打得可准啦！一弹弓一个鸟儿！"

"掌你的嘴，大人说话你就学舌，学得嘴顺了，要是在鬼子跟前一下子说漏了，还不宰了你？"

小姑娘眨巴眨巴小眼，伸了一下舌头，不吱声了。不过她总像有件心事，她看了看我们又回头向老奶奶说："奶奶，你跟他们说，可千万别把花招了去啊！小文子可稀罕这棵花啦，你们等着吧，一会儿他就用小桶提水来了，要是花没有了，他又该哭啦！"小姑娘把我们大家都逗笑了。

"你叫什么？"我问她。

"我叫丑儿！"

"可真是个丑丫头！"我和她开了个玩笑。

"打你！"小姑娘生气地向我说，"我才不丑哪，小文子说就数着我俊哩！"

小姑娘是那样能说会道。的确，她并不丑，小翘鼻子，大眼睛。一点记忆也寻找不回来了。我走访当地的区政府，区里的同志告诉我，在战争结束时，无人区的老百姓只剩下不多的几户了，由于山上全是石头沙碟，没有出产，现在大多数人家已搬到了山下，留在山上的还有三家，他们自己种了一些果树，政府也给了他们一些帮助，目前生活过得还不错。

感谢这位区干部的指引，我顺着他说的道路上了山。奇怪，过去在这山中打过那样久的游击从没有心思来欣赏一下山景。现在我才发现，这儿比起那些名山胜景都美得多。在黄山，像这样的松树早已几次成为摄影的入选作品；在承德，这样的怪石早会叫出若干名目。可是在这儿，姿态优美的树木，峥嵘瑰丽的岩石又何止万千！

我本想爬到山顶看看，我甚至还想看看那棵菊花在不在。可是到了山地中腰，我被一所新盖的房子拦住了。

过去经过这里时，我也看见过不少的房子，然而那不是这样的房子。那是烧焦了的倒塌了的房子，我当时还写计划了解一下每所房子的历史，我相信这儿的每所房子都有它不平常的遭遇，可惜我当时没坚持也缺少可能这样做。现在竟一点痕迹也看不见了。细心的，也许能从砌成梯田的石墙上面找出有些石块的凹处仅存的一点烟痕。不过，和这座新盖的房子一比，究竟是今昔大不相同。

看吧，房子虽然是草顶，然而前后都有了砖墙。特别是檐下那两块耀眼的大玻璃，和房后的那个粮食囤，我一看不禁落下泪来。这并非引起了我伤痛的回忆，而是出自一种伤痕本复后的欢快心情。

从房子里跑出来迎接我的是一位白发如银的老大娘。是她！真巧，我回忆起来了，正是在山顶上我见过的那一位老奶奶。

"老奶奶！认得我吧！"

"我的好孩儿啊！"老奶奶一把拉住我的手，她还是沿用着老称呼，她看了看我，好像不大记得了，她忽然问道："说，你是我的哪个孩儿啊？"

"杨支队的！"我说。

"哦！听说老杨在北京当了主任啦！他身体好不？他那个气喘病好些啦？"老奶奶一下子说不完了，"你们同志们还有两个活着的啊？都结实吧！你知道不知道小文子在哪儿？怎么也不来看看他的老奶奶啊？"

提起小文子，我也想起来了，我忙问："你们丑儿呢？"

"哪个丑儿？"

"就是在山上见的那个小姑娘，现在该结婚了吧？"

"你还不知道吗？"老奶奶反问我，问完后，她眼睛一下子红了，我只觉得她的手有点抖，然而将我的手握得更紧了。

"是啊！"老奶奶说，"要是活着的话，该给我抱外孙子了。"

"怎么？她？……"我扶着老奶奶一面走进屋里一面问。"你不是问小丑儿吗？那年鬼子'扫荡'！你见过了，我们搬得不能再往高处搬了。你还记得山上那棵菊花不？就为了那棵花……你二哥，就是那个当民兵队长的，他硬和我拌嘴，我说让他把小文子带走，他就说鬼子来不了。幸亏他临了还是听了我的话，把小文子背走了。我和丑儿两个，还没来得及走出去，鬼子就上来了。鬼子也怪，上来看见了那棵花就要招下来，小丑子硬不答应，那时节我也管不住她了，她一下子护在了花跟前，鬼子拉她，她也不起来：'就不让你招，就不让你招！'开头这孩子说话还知道有个分寸，到后来……唉！到底是小孩子，她看见鬼子硬拉她，没想到她一下子冒出一句话来：'你敢招，这是给小文子种的！''什么小文子？'鬼子就问，我忙去拉她，没想到这孩子……唉！到底还是个孩子啊！你猜她怎么说：'杨司令的孩子，你们敢招叫杨司令都把你们一个一个打死！'……"

我注视着老奶奶，我恨自己不该勾起她这样的回忆，可是我又想知道这件事的真相。

停了一会儿，老奶奶哭泣着说："你说鬼子还有点人性没有，一个那么小的孩子，就这么一刺刀……"

"唉！该死的总也不死！"老奶奶拭了拭眼泪说，"鬼子从山上把我推了下去都没摔死我。从那年后，我们再没到那个窝棚里去住，因为鬼子连棚子都烧了。看……"

老奶奶说着去墙洞里取出来一个用旧糊窗纸包的包儿，打开包儿，她取出一根像甘草样的草根。"看！"老奶奶说，"这是你二哥第二年上山时刨回来的，菊花枯死了，根还在！有人说种上还能活，我一想人都活不了啦，还种它干什么？我留起来了……"

我看着年已高迈的老奶奶，她总该有八十了吧！很久很久没有想出适当的话来，我只是自己在想：尽管有些回忆是辛酸的，但你得记住它，深深地记住它，因为它能给予你巨大的力量。

我在老奶奶家中多留了一个星期，我也会到了民兵队长。不过这些日子最使我为难的是老奶奶不断地问我："小文子到底在哪儿呢？他在哪里呀？你能打听得到？他愿意吃地瓜，我年年都给他留一些等他来吃，临了都是当了第二年的种子。唉！这孩子到底在哪儿呢？"

是啊！我说："小文子在哪里呢？他如果在，一定会来看望你老人家的！"

亲人

王愿坚

【关于作家】

王愿坚（1929—1991），山东诸城人。1944 年到抗日根据地工作，1945 年 1 月参加八路军，在华东野战军第三纵队政治部任文化团分队长、报社编辑、新华社支社记者、编辑室副主任等；1952 年后，担任《解放军文艺》和革命回忆录《星火燎原》的编辑；1954 年发表第一个短篇小说《党费》；1974 年与陆柱国合作，改编了电影剧本《闪闪的红星》。王愿坚的代表作有《灯光》《党费》《粮食的故事》《七根火柴》《三人行》《普通劳动者》等。其作品《足迹》获 1978 年全国优秀短篇小说奖。

【关于作品】

因为与某位烈士的姓名相同，曾司令被这位烈士的父亲误认为是自己的儿子，来信询问。为了安慰这位老人，曾司令佯装是他的儿子，整个家庭也都接纳了这样一位陌生的老人。在曾司令看来，革命年代，那么多战士为了掩护他人而牺牲自己，曾受他们庇护的人理应承担起他们未尽的义务——这是真正深厚的战友之情。司令的生身父亲被国民党杀害，而这位烈士的父亲也是一位老革命——他曾经是红军游击队交通员，被捕之后为拒绝给白匪带路，用石灰损伤了自己的双眼。这样一位坚强的革命者，确实也值得尊敬和付出，配得上"父亲"这个角色。这篇小说反映了一个真正革命者的伦理观，也是中国儒家"老吾老以及人之老，幼吾幼以及人之幼"的现代体现。

离下班的时间还有半个多钟头，桌角上的电话铃突然急骤地响起来。曾司令员放下手里的红铅笔，伸手抓起听筒。

电话是从将军的宿舍里打来的。公务员带着掩饰不住的兴奋说："首长，你的父亲来了！"

父亲？将军不由得心里一震："哦，他果然来了！"

像一块石子投进湖水里，将军那平静而专注的心情被这突如其来的消息搅乱了。他下意识地抓起桌上的文件，举到眼前。按照将军那严格的生活习惯，他是要在今天下午把这份报告看完的。但是，这份刚才那么使他感兴趣的"新兵工作"报告，这会儿却失去了吸引的力量。在他眼里只是一些蓝色的花条在那半透明的打字纸上跳动，怎么也读不进去；而脑子里却老是在翻腾着一句话："他来了，怎么办？……"

这个问题使将军困扰了差不多快半年了。今年五月间，他突然接到了一封信。信是江西一位农民写的，交报社转来的。他疑惑地把信拆开来，在信的开头，紧接着他的名字后面是四个粗黑的大字："吾儿见字"。当时，司令员曾哈哈大笑着向政委说："看，来认我做儿子了！"

但是，当他继续读着信的内容的时候，随着那一个个黑字，他那开朗的笑容却被紧蹙的双眉代替了。信上写着："……五年以前，白杨嶂的广善回家了，他说你早就不在了，在过大草地的时候牺牲了。我难过，哭了一场又一场。可我又不信你会死……前天听人说你在报上发表讲话了。天下重名重姓的人不少，可不能那么巧……我给你写这封信，要是你是我的儿子，就给我来信，你要不是我的儿子……"信就在这里断了。大概这位老人再没有勇气把下半截话说出来，代笔的人怕也是被老人这念子之情所感染，没有再加添什么。下面只落了一个陌生的名字。

显然，这位老人是错认人了。按常理，既然非亲非故，写封回信解释明白就行了。可是不知怎的，将军却没有这么做。他按照老人来信的地址，写了一封信寄到县的民政科去查问。回信很快就来了，这位烈属是个孤苦伶仃的老头儿，政府和社里已抚保着他的晚年。他那个和将军同名的儿子是 1931 年参加红军的，据调查，确实在过草地时牺牲了。

接到信的当天晚上，将军伏在桌上给老人写信了。他写了扯，扯了写，直到夜深了，信还没有写成。不管措辞是多么委婉，可是每当他写到"我不是你的儿子"这几个字的时候，手就不由得微微发抖；到后来，就连想到这几个字，也觉得脸都有些发烧了。直到夜里一点多钟，当他在信的开头写下"父亲大人"四个字，并且重重地点下两个圆点以后，他觉得自己的感情才能顺畅地表达出来。他写好了信，第二天亲自跑到邮局去，装上二十元钱的汇票，把信发出去了。

这个做法是这样的出人意料。当将军发信回来，公务员赵振国就忍不住悄悄地把这消息告诉了汽车司机老韩："人家认儿认女，可咱首长，高高兴兴地认了个老爷子！"

　　其实，小赵又哪里知道将军在这个差不多通宵不寐的夜里所涌起的心情呢？将军早就失去了父亲。早在二十多年以前，国民党军队向苏区进行第四次"围剿"的时候，老人家就被害死在村南那道长满大榕树的山坳里了。当将军读着这位烈属的来信的时候，当他现在捏着钢笔，为了斟酌回信的每一个字句而沉思的时候，他曾经不止一次地回忆起自己所能记忆的父亲的面容。他不知道这位失去儿子的老人的模样，不知道他的年纪，除了这个陌生的名字，他几乎什么也不知道，但是他却总不由自主地把这位老人想象成自己父亲的样子：乌黑的髭须，眉毛老长老长的；额角的两端一直秃进去，耳边的头发像撒上了两小撮面粉；甚至在左耳朵底下也一样有着个铜钱般大的瘢痕……不，当然不会是这个模样——这位老人只是等待自己的儿子就已经等了二十多年了。

　　那么，老人的儿子呢？怕是真像那位同志说的，早已牺牲了。随着这个念头，将军的思路不由得转到过去那些在他身边倒下的战友上。他索性放下笔，呆呆地望着窗前那棵老槐树沉思起来。也许老人的儿子是当年的四班长曾庆良？他是掩护部队渡湘江时牺牲的。或者是四连指导员曾育才？他是过大雪山时为了抢救一个挑夫而掉下山沟去了……这些同志并不和他同名，可是不知怎的，他却总想把他们和这位老人联在一起……

　　将军继续沿着自己的战斗道路想着，慢慢地眼前那一丛柏叶幻化成了一片茫茫的绿野。那是大草地，到处是腐烂的水草、污泥，一汪汪的水潭，水面上浮泛着一串串黄绿色的水泡。他掉队了，正忍受着难耐的饥饿在蹒跚地走着，突然，脚下一软，一条腿陷下去了，他拼命一挣扎，另一条腿又陷了下去。整个身子在向下沉，水，淹过了大腿，淹上了肚子……就在这时，一支枪托平伸在他的脸前。接着一个沙哑的嗓子喊："快，快躺下，往外滚！"他连忙躺倒下来，就在这一瞬间他认出那人是六班的战士曾令标。借着这拖曳的力量，他滚出了烂泥。等他在一块硬实的泥堆上站起身，就看见曾令标因为全身用力，早已深深地陷进了泥里，他惊叫一声："老曾……"慌忙摘下肩上的枪，已经来不及了。曾令标一声"再见"还没说完就沉进了泥水里，水面上只留下一只手，高擎着步枪，枪筒上挂着半截米袋子。旁边一串水泡和一顶缀着红星的军帽在浮动着……

"我这条命是战友给的啊！"想到这里，将军情不自禁地望望身边的那张小床，床上，他小儿子一只胖胖的小手搭在被子上，睡得正香。他觉得自己的眼睛有些模糊了，血在一个劲地向脸颊上涌。从那个难忘的日子起到现在，无论是战斗、工作还是学习，将军总是严格地警醒着自己："多干些！再多干些！"这里面除了一些更重要的原因以外，就是他从心底里感觉得到：他肩上还担负着另一些人的未完成的一切，哪怕能代他们做一点也是好的。但是现在他却突然发现，这些还不就是一切，只要有可能，他似乎还应该担负起另一项义务。

这个义务是什么呢？他的眼睛不由得又落在老人的那封来信上。不错，曾令标的家庭情况和地址他没来得及知道，而且在这位战友与老人之间也没有什么必然的联系。但事实却是：老人的儿子也像曾令标同志那样英勇地死去了，而老人却在怀着微弱的希望，在那白色恐怖的日子里茹苦含辛地等着，等着，等了二十多年。

"要使这位失去唯一的儿子的老人得到安慰，最好的办法是还给他一个儿子！哪怕是暂时的也好！"就怀着这种复杂的感情，将军写下了那封回信。

　　这以后，将军就成了赡养和安慰这位老人的亲人。每月，当发下薪金的时候，不管工作有多忙，将军总要挤出一个夜晚用在写"家信"上。慢慢地，将军惊奇地发现，随着一封封信的往来，他和老人的心在一天天靠近，他仿佛觉得，这陌生的老人就是曾令标同志的父亲；不，简直已经成了他的家庭中的一个重要的成员了。每当天气凉了，他就会告诉爱人高玫："给老人织件毛衣吧？还得弄双毛袜子去！"每当家里谁伤风感冒了，他也会忙着写封信向老人问候……而老人的来信中流露出的每一点愉快的表示，将军也感到极大的快乐。

　　尽管这样，但将军却仍然暗暗不安，生怕书信中哪一个字会露了马脚，被老人发觉。特别是上月"父亲"来信说要来这里看望"儿子"的时候，他更加不安起来。他曾经连着写了两封信，要求老人不要来。理由嘛当然很多：他工作忙，老人年纪太大了……并且肯定地告诉"父亲"：只要他工作一空，他会带着小孙孙去看他老人家的。他希望这样能把老人暂时稳住。因为他知道事情总会被老人知道的，如果事情来得迟些，那会使老人的感情得到温暖的时间长一些。可是，毕竟将军对这位老人思念儿子的心情体察得还不够周到，现在，老人竟不顾"儿子"的种种劝阻，还是来了。

　　"现在，可怎么办呢？"将军苦苦地思索着。这位身经百战的司令员，从来不是个优柔寡断的人，过去，多少次战斗，多么复杂的情况，他总能够果断地下定决心；可是现在他却像一个迷路的人走到三岔路口上，左右为难了。直到下班铃响了，他走出办公室的时候，还没有找出答案。

汽车迎着晚霞，在秋风里平稳地驶着。将军怔怔地望着车窗外那向后逝去的梧桐树，忽然欠起身："开得太快了！"他觉得这些树向后退得快极了，简直像一株株倒下来似的。

司机老韩笑着扭头望了司令员一眼："不快呀！"说着，用指甲轻轻地敲了敲速度表，表针正在"20"和"40"之间微微颤动着。

"慢点，再慢一点！"将军对自己的幻觉也感到有点好笑，但他实在希望慢一点到达宿舍，好让自己有时间再把这件事想一想。也怪，似乎车子越驶近家门，这个问题变得越简单了。"看来只好这么办了，"将军下了决心，"把一切都告诉他，反正我会像那位死去的战友一样，对这位老人尽一个做儿子的责任。"瞬间，他甚至把安慰老人的话都想出来了，"不，老伯，你的儿子是为革命牺牲的，我们活着的就都是你的儿子……"他觉得这两句还不够亲切，又想道，"老伯，你没有了儿子，我也没有了父亲。我认你做爹爹，你就认我这个儿子吧！……"

想着，将军竟抑制不住地激动起来，把话低低地说出了声，倒弄得老韩有些摸不着头脑。

车子渐渐驶近宿舍，将军的决心也更加坚定。他简直毫不怀疑地相信自己一定能好好地处理这次复杂的会见。

将军怀着激动而又多少有些惴惴不安的心情，跨上楼梯，轻轻地推开了房门。

他的四岁的男孩子亚非怀里抱着只橙黄的大柚子，一蹦一跳地跑过来："爸爸，爷爷来了！"

将军顾不得逗弄孩子，他停住脚，向屋里张望了一下，只见那矮脚茶几旁边，一个矮小瘦弱的老人正把身躯深深地埋在沙发里，两手拄着根红竹烟管，脑袋俯在双手上，在半睡半醒地打着盹儿。显然，长途的汽车、火车使这位年迈的老人太疲乏了。将军两眼直盯着那一丛斑白的头发："这老人是多么衰老啊！"他的心头不由得涌上一阵酸楚。他知道，只要他再走前几步，那斑白的头就会蓦地抬起来，然后一双贮满泪水的眼睛便会深情地盯住他的脸，望着他的嘴巴，期待着会听到那盼了二十多年的声音——"爹！"而他，却要告诉他："不，我不是你的儿子！"这，这对于这位年迈的老人实在太……

"不，不能这么做！"突然，一股强烈的感情冲动着他，他觉得自己眼睛潮润润的，模糊里，他眼前又闪过了露在水草上面的那只手，那支枪，那微微抖动的枪皮带……刚才一路苦想出来的想法和做法，这会儿都不知哪里去了，他阅读老人的来信的时候，他拿着笔写回信的时候所涌起过的那种感情，又以更人的幅度占满了他的心。他缓慢地拂开孩子的手，大步走过去，在老人身旁蹲下来，伸手轻轻抚着老人那瘦弱的肩膀，低低地叫了声"爹！……"

这话一出口，将军不由得一愣：从他的口里有二十多年没有吐出这个字了。这个字眼是那么满含感情，又那么生疏。接着一个念头掠过：他就要发觉了。

正像他所想象的那样，老人惊醒了，猛地抬起头，手一松，烟管"吧嗒"歪倒在地板上。但出乎将军意外的是，老人的眼睛并没有射出那期望的光。那双被蛛网般的密密的细纹包着的眼睛，有一只已经深深地塌陷下去，另一只微微红肿着，好像故意眯起来似的，只留着一条细缝。像所有丧失视力的人一样，老人竭力把那只眼睛睁大，两只干枯的手却习惯地平伸在胸前，不停地抖动着，在将军的肩章、脖颈、头发上胡乱摸索着，最后他紧紧捧住了将军的脸颊，嘴唇哆哆嗦嗦地叫道：

"大旺子……"

这不知是哪个人的乳名，对于将军来说是那么陌生，但听起来却那么亲切！他直盯着老人的脸回答："爹，是我！"

随着这应声，老人那张像揉皱了的纸似的脸孔登时舒展开了。他长长地叹了口气，把身子向"儿子"更凑近了些，抱住将军的头，用力地瞅着、摸着，好像在找到了一件丢失很久的东西以后，在辨认这东西是不是自己的一样。将军顺从地把脑袋俯在老人的胸前，一任他抚摸着。这时候，他觉得有一滴热热的东西滴在自己的腮边上……他觉得仿佛直到现在他才第一次体验到父亲对于儿子的那种真挚、慈爱的感情。

半天，还是将军先打破了这沉重的寂静。他直起身，坐到老人的身旁，说："爹，你……老多了。"这话说得有点慌乱。他还没有完全走进做儿子的境界里去，竟差点像以前对来队的军属那样，习惯地问一声"你多大年纪了？"话到舌边才临时改了嘴。

"是啊！二十多年啦！"老人长长地叹了口气，"我记着你是头一次开全苏大会的那年走的，那年你才十七，可现在胡子都扎手了。你今年该是四十……"

"四十……"将军连忙把话接过来，又沉吟了一下，"四十三了。"他没有把自己真实的年龄说出来。像所有那些不得已而说了谎话的人一样，他觉得一阵不安。为了掩饰自己的狼狈，接着把小亚非拉过来，往老人身边一推，补充了一句："你看，走的时候我还是个娃娃，现在都给你抱孙孙了。"

"可不，二十六年了嘛！"老人伸手把小亚非揽在怀里。孩子略带羞涩地叫了声："爷爷!"把脸偎在老人的脸上。孩子这个天真的动作在将军的心头漾起一种甜蜜的感觉："要是这个新的家庭组成了，该是多好啊!"

孩子好奇地用小手梳理着老人那花白的胡子，像想起了什么，仰起脸问道："爷爷，我爸爸不是说你早就叫国民党给杀死了吗?"孩子嘴里突然冒出的这句话，使将军吃了一惊，他刚想解释几句，老人却毫不在意地把话接了过去。他摸着孩子的头说道："傻孩子，不看到你们我能死?"说完，他仰起头哈哈地笑了。

这爽朗的笑声赶走了将军的疑虑，使屋里的空气增添了欢乐。将军有意把话题扯开些，便笑着说："这是个小的，大的已经八岁了，在学校上学，过几天就能回来。嘿，一个比一个调皮!"

"龙生龙，凤生凤，你还能生出个安生孩子来了? 你忘了你小时候了? 天上的鸟儿你不揪它两撮毛才怪哩!"老人说得又诙谐又慈祥，这是只有父亲对自己的子女才说的话啊! 听着，将军有些不好意思地想："我父亲也会这么说的!"

老人说完，吃力地站起身，蹒跚着走到门边，从一个提篮里摸出两只大柚子，递给"儿子"，笑笑说："怕有多年没吃到自己家乡产的这玩意儿了吧?"

"嗯，柚子倒没少吃，咱家乡的味道可就没吃到过。"这倒是确实的。将军知道老人的家乡是有名的柚子产地，当年四次反"围剿"的时候，他也曾到过那一带，可这地道的果产他还没吃过呢。他拿起小刀，熟练地把柚皮剖开，剥出那粉红色的肥硕的果实。

"还记得不?"老人把一片柚子摸索着递给小"孙孙"，转脸向着"儿子"，"你离开家的时候柚子刚熟，那天，我和你妈把你一直送到村头咱那几棵柚树底下，你还非要带上几个给同志们吃不行。那时候我身板壮，眼力也好，我亲自爬到树上摘了几个扔给你，从那里一直看着你走出几里路……"

"记得！"将军含糊地应了声。他脑子里浮起的却是另一幅情景。他是在一个黑夜里，土豪堵着大门的时候，翻过墙头逃到红军那里去的。那时父亲手托着他的屁股，把他推到墙上，然后递给他一个衣包，把仅有的五十个铜圆放进他的口袋里……那时父亲的眼睛……他望望老人家的眼，问道："爹，你这眼是怎么糟蹋的？"

"还不是那些狗东西造的罪？"提起眼睛的事，老人顿时变得十分激动了，滔滔不绝地讲起来：那是红军长征走了以后，这位忠于革命的老农民就暗暗做起了红军游击队交通员的工作。不幸，在1936年的秋天，由于叛徒的告密，老人被捕了。敌人知道他熟悉通往游击队密营的每一条山径，在把他残酷地拷打之后，又逼着他给白军带路。就在白军准备动身的前一天，老人向看守骗来了两大把石灰，咬着牙揉进了自己的眼里……因为残废了，老人才活着被抬出了敌人的监狱。亏得亲友邻居的细心照料，总算保全了半只眼睛。

"孩子，"老人激动地结束了他对过去艰难遭遇的叙述，"这些年来，我这做老人的没有给你丢脸啊！"

将军怀着深深的敬意，听着老人的叙述。关于老区人民在敌人残酷的白色恐怖下坚持多年斗争的情形，他在1951年秋天回到故乡时，曾经站在自己父亲的坟前，怀着悲痛和敬意听乡亲们讲过。而现在老人的话又勾起了那一幅情景。将军不由得再一次想到草地水面上的那顶浮动着的褪色的军帽和那高擎着步枪的手……仿佛直到现在，将军才更清楚地体会到为了革命胜利人民所付出的全部代价。这里面不只有血，还有那数不清的眼睛所流的眼泪。"对于这些为革命事业献出了一切的人，你怎么爱他们也不会过分的！"他觉得自己的心和老人靠得更近了。他深情地抓住了老人的手："爹，那些年你可受了苦啦！"

"苦，不怕！为革命嘛！当时我就跟人讲：'给我剩下半个眼，我也用它看着这些家伙完蛋，看着咱红军回来！'可不是，就让我看到了！"老人哆哆嗦嗦地装上一管毛烟，等"儿子"给点燃着了，猛吸了一口，又说，"唉！说实话，这半只眼还有一个用处，就是等着能看一看你。你不知道，为了你，就这一只眼流的眼泪也足够个小伙子挑的啊！"

将军默默地掏出手绢，把老人眼里的泪水揩了揩，说："爹，别难过啦，我不是在这里吗?!"

"是啊，想看的我都看到了！可是，"老人略略顿了一下，脸上浮上了一种不快的表情，"别怪你爹数落你的不是，胜利了这么多年，人家活着的都回家看过了，可你怎么连封信也不往家写呀？"

老人责备得对，做儿女的怎么能对老人这么冷淡？将军懊恼地想：为什么没有早些和这位老人相识呢？但是又怎么向他解释？他嗫嚅着，说着临时涌到嘴边的"理由"："这些年我在学习……""信，我写过……"可怎么也觉得理屈。

正在这时，房门开了。将军的爱人高玫走进来，才打破了这尴尬的局面。

"高玫，你看爹来了！"说着，他轻轻地扯了扯她的衣角。

高玫会意地点点头，连忙跑上去，亲热地叫了声："爹！"

"爹，别净想那些伤心事了，"将军伸手挽住了老人的胳膊，"来，吃顿团圆饭吧！"

在一张圆圆的小桌周围，坐下了这老少三代的一家人。老人的心情显然平静得多了，他把儿子拉在自己身边，不停地瞅瞅这个，看看那个，那凄苦、不安的表情早就消失了，幸福和满足的笑容挂在他那苍老的脸上。

为了使老人增添些欢乐，将军倒满了一碗老酒，端到老人的面前。

"你还没有忘了哇？"老人笑着接过酒，呷了一大口，扬起手掌擦了擦胡子。在他眼前浮上了多少年前让孩子端只瓷碗去打五个铜子的老酒时的情形。而在将军眼里，老人这爱好，这动作却又是那么熟悉——"连这些地方也像我的父亲呢。"

将军竭力回忆着自己父亲的一切爱好，把记得起的父亲爱吃的菜连着夹到老人的碗里去。老人却没有怎么吃，他不时停下来，向前探着身子，瞅着"儿子"吃饭，好像这比他自己吃还要紧。

"看，还是那么狼吞虎咽的，这又不是小时候了，没得吃！……"老人直盯着"儿子"的嘴巴，忽然，他用筷子戳着将军的嘴角问道，"我记得你这里有个瘊子，怎么刚才没摸着？"

"那……"将军刚要回话，高玫笑着把话接过去："他嫌刮胡子不方便，早就弄掉了！"

过一会儿，老人又发现了什么，感叹地说："年岁久了，人都变了，我记着你小时候都是左手拿筷子……"

"受了伤，不改不行嘛！"将军赶忙捋起袖子。左手腕上凑巧有一个伤疤，那是广阳战斗叫日本鬼子一枪打穿的。

借着这个话题，将军连忙避开谈论他"儿时"的一切，他历数着自己身上的伤疤，谈到这些年来的战斗，谈到爬雪山过草地的艰苦，爱人和孩子的情形……他想出一切动人的和逗趣的故事，讲给老人听。大概因为这环境太特别，这些故事吸引了老人，将军自己也深深地激动了。

这顿饭吃得时间特别长，当老人喝下最后一匙菜汤，已是夜里十点多钟了。将军和高玫小心地搀扶着被老酒和疲乏搅得昏昏欲睡的老人，走进了为老人预备好了的卧室。

不知是因为酒醉还是什么原因，老人睡到床上，却突然坐起身。用他那枯老的双手猛地抓住将军的肩膀，拉到自己的身边，拼命地睁着眼望着、望着，用一种变了音的腔调惊叫着：

"你是大旺子？……"

"是！"将军不安地回答。

"你是我儿子？……"

"是啊，爹！"将军情不自禁地紧紧地抱住了老人。

"啊！可看到了！……"老人放声大哭起来。

将军，这位身经百战、被打断了两条肋骨也没流过一滴眼泪的人，这时候，泪水却顺着腮边流下来。

老人，这经受了百般磨难的老人，在哭声里睡着了。将军目不转睛地望着老人那张挂着泪痕和笑容的脸，它是那么苍老，又那么和善、安详。他轻轻地给老人盖好了被子、关了电灯，踮着脚走回了自己的寝室。

将军点燃了一支烟，在寝室里来回地踱着步子。他的脚步和他的心一样沉重。死去的战友的印象，故乡土地上那累累的坟茔，父亲的面容，老人的眼睛一齐在眼前晃动。

高玫走近他的身边，低声地问："也许这是你常说的老曾的父亲?"

"不，也许是，也许不是……"

孩子一面啃着柚子，一面说："爸爸，把你看地图的那个放大镜给我吧，明天让爷爷好好看看我……"

"明天，咱俩一块出去一趟，给……给老人家添几件衣服……"高玫说。

"是啊。"将军含糊地应着。他望望爱人，又望望孩子，缓缓地点了点头，像是回答他们，又像是自言自语："多少年的斗争，我们的人付出了一切！现在，我们活着的，要把担子挑起来，能多干一点也是好的！"

说完，他霍地转过身，来到了窗前。他猛地推开了窗子。窗外，天空清亮亮的，满天星斗，间或有几颗流星无声地扫过去。窗前那棵老槐树的叶子早已脱落了，那鹿角般的枝丫正倔强地指向夜空。傍着槐树，那棵柏树的蓊郁的枝叶，正伸搭在槐树的干枝上。

将军深深地吸了口气，忽然，他放大嗓子喊了声公务员："赵振国，明天去医院帮我的父亲挂个号。记住，挂眼科！"他把"我的父亲"四个字说得声音特别大，大得连自己都有些吃惊。

一九五八年十月二十七日

英雄的乐章

——献给十月

刘真

【关于作家】

刘真，1930 年生，山东夏津人。刘真是农民出身，9 岁参加革命队伍，在抗日战争和解放战争期间当过宣传队员、交通员、文工队员。中华人民共和国成立后，曾入朝参战，此后进入东北鲁迅文艺学院（原鲁迅艺术学院，1940 年更名）学习；1952 年冬天到中央文学研究所学习；1954 年分配到作家协会武汉分会，从事专业创作。其代表作有小说《英雄的乐章》《长长的流水》等。

【关于作品】

《英雄的乐章》本身就是一个迷人的乐章。在这里，英雄不是一个概念，而是一个活生生的人；生活也不再是一套固定程式，而带上了丰富的日常气息和情感色彩。

"我"与张玉克之间的精神依恋，无疑是这个作品中最吸引人的部分。他们的感情有一个从童年友谊到青年爱情的转化过程。

"我"旁观他在独立营教战士唱歌的时候，他已经开始关注"我"了，那时候"我"还是个懵懂的孩子；在艺术训练班，他很自然地拉着"我"的手，可是"我"比较保守，或者说处于敏感的青春期，做出了剧烈的反应，让他十分尴尬。他看到"我"没有军服，在指导员那里哭诉，指导员拨了20元专款以便帮助"我"买军服。为了能见"我"一面，他曾经用大半夜的时间看着整支队伍经过。他曾步行很远，到"我"的演出现场来探望"我"，倾吐个人情感，畅谈人生理想。

作品着力刻画张玉克作为英雄的侧面。他既是一个通晓乐理的小战士，也是一个经受了日本鬼子的酷刑而不屈服，冒死逃回队伍的钢铁战士。平汉战役，他受了伤，那时他已经是十九岁的连长了；后来在战场上，他三次立大功，成了年轻的营长，有关他多么智慧和勇敢的故事四处流传；最后在羊山集战役身先士卒，壮烈牺牲。

张玉克并不单纯是一位作战勇敢的英雄，而且是一个性格相当丰富的人：他天生具有艺术家气质，热爱音乐，希望在战争结束之后从事自己喜欢的音乐事业，成为一名作曲家，把丰富的革命经历谱写成乐章。他也是知识分子，具有世界视野，曾搜集了华盛顿、巴黎、伦敦、罗马等城市的相片。在他的想象中，我们将把北京建成这样的现代大城市。他是个原则性很强的人，曾经批评凑钱合买油条吃的馋嘴小姑娘，认为这样做浪费，吃相难看，不像革命战士。他也是一个情感丰富的人，对于"我"充满了深情。

现代小说多讲究客观化叙事。但小说叙述并不一定要采取客观的态度，刘真的叙述就带有浓重的抒情色彩，有时一句一行，已经化成了诗歌。作品采用第一人称叙事，第一人称带有很强的主观色彩，可以直接抒写个体体验，也可以回忆过去，表述内心感受。

一

庆祝建国十周年后的一天夜晚，我坐火车来到了北京，迎着十月凉爽的风我疾步走到天安门前。北京！这难道是你吗？那六亿人民的大礼堂，宏伟的博物馆，辉煌的民族文化宫。长安街上是一片电灯的海洋，电灯的森林。我好像进入了童年奇妙美丽的梦中，又像看见了共产主义的顶峰。

首都啊！从你在这里建都以来，有过多少心酸苦泪？八国联军曾撕破你古老的衣衫，日本法西斯害得你遍体血淋淋，那些民族败类把你的心肺——珍贵的历史文物，盗给了帝国主义。然而首都哇，我的母亲！今天你站立在宇宙间，你把月亮照耀得苍白无力，暗淡的群星在讥笑着自己。

首都！你就是中国人民伟大的灵魂。你的英雄儿女为了你有这身合体的衣裳，曾付出了多少鲜血和生命，今天你站立在世界上，和华盛顿、巴黎、伦敦比起来，你是最新最美的。

首都，我的母亲！在你这光辉灿烂的上空，我看见了一个青年的笑影，他是我童年的朋友……

二

一九三九年，我还是个不满十周岁的女孩子，跟母亲一起，来到了革命队伍里。我不识字，也不知道什么是歌声，天天睁大着一双孩子的眼睛，搜寻着世界上一切新奇的事物。忽然，我看见在村边的柳荫下，有一排整齐的队伍在学唱歌。教歌的是一个小兵。他穿着灰色的小军服，黑红的长脸形，个子不高，又细又健美。他两腿紧紧并立，两手挥动着拍子，又精明又有力。他们唱着：

> 我现在要当兵，
> 去参加八路军，
> 去杀鬼子兵，
> 父老兄弟姐妹们
> 大家都很高兴，来欢送我当兵。

在家，我见过打地基喊口号的，每年正月十五夜里看过我们村的小戏，他们只会唱王大娘锯大缸与后娘打孩子，别的什么也不会。我还没见过这么多男人站在一起唱歌的呢，教歌的又是那么小的一个小男孩。我想，等我回了老家，我首先应该把这件事告诉我的女朋友们。我出来的时候许下她们了："我在外边看见什么稀罕事儿都回来告诉你们。"为了安慰她们，我把我姥姥给我缠的花线蛋儿、花布块块，老鸹枕头（椭圆形的石头子儿）都分送给了她们。

不久，母亲送我参加了宣传队。每当我学会一个新歌、新舞，都要求去看看她，为了向她显显本领。我觉得已经很了不起了，可是人家说我们不够水平，调我们到艺术训练班去受训。

这一下，我的眼界更扩大了，我看见了十几个宣传队的五百多孩子，就是他们小声说话，也比大群的喜鹊儿吵架还热闹哩。有一次，胖大的音乐教员领着一个男孩穿过许多孩子群，来到我们队前说：

"我给你们介绍，这是派给你们的音乐组长，平常帮助你们练歌。别看他人小，简谱、五线谱，他都会，他还会作曲呢！他叫张玉克。"

大家拍完了手，我的心猛然一跳，把他认出来了。这就是我第一次看见教歌的小兵。原来人家是个有大本事的人，我心里很高兴。

队伍散了，他从身后拍了我一下肩膀说：

"你也来啦？"

"你怎么认识我？"

"去年夏天，我在独立营教歌，用眼角看见你站在场边上，你的嘴一张一张，也想跟我们唱，就是不好意思出声。我想，这个女孩子，早晚也会参加宣传队的。我猜得对不对？"他笑着，很亲热地拉起了我的手，我觉得很害羞，就用力把手抽回来。这一抽，他唰地一下脸红了，扭头跑到远处去。

看着他矫健的背影，我觉得很难过。在家的时候，和女孩是不许拉手的，来到革命队伍里，学会了握手，握完就连忙撒开，除了跳舞的时候，我还没和男孩子拉过手呢！其实，一个手拉拉有什么关系？叫人家怪不好意思的，真成问题。

在他这个小组里，我是个最小的女孩子，可是声音最高最洪亮，学歌学得最快，不到半月也学会了识简谱，我看得出他越来越喜欢我。可就因为那次拉手的问题，我们相处得很不自然，好像有什么东西把我们隔开了。他不再单独和我说话，我唱得再好，他也不表扬我。我不恨他，只恨自己的手。

我们这个组，共有八个女孩子。上级每人每月发给两毛五分钱的津贴。有个叫凤琴的，特别好吃。她号召我们说："咱们有了这些钱，轮流请客，每天由一个人买两根油条，第二天另一个人买，这样下去，我们可以吃很久。"听她这么一说，馋虫儿立刻爬到我们嗓门上来了，我们举手通过了她聪明的提议。

第一天，她先买来了，用纸包着，神秘地向我们一挥手，我们齐呼啦地跟她跑到村边一个大麦秸垛后面去。她把我们排好了队，又把油条送到我们嘴唇上，叫我们每人咬一口，然后她自己咬一口，还事先发表声明说："都少咬一点，吃得太快了香味儿在嘴里待的时间短。"遵照她的指示，每次我们只咬那么一点点。已经轮流吃了三遍，一根油条还没有吃完。

突然，大吼一声，从枣树棵子里蹦出一个人来，原来是张玉克。吓得我们蹲在地下，抱成一团，听人家训起我们来：

"你们参了军，都是伟大的抗日战士，看你们吃油条的样子，真给八路军丢人！你们为什么要排队？排起队来是抗日的，不是叫你们吃油条的！"

这时候，我们还有一根多油条没吃完呢，凤琴偷偷咬了一口，还让我们轮流咬，我们谁也不张嘴了。凤琴比我们大，比我们凶，她气呼呼地站起来，高举着油条说："你等我们吃完了再批评不行吗？要把我们吃病了，你负责？"

玉克高举起两个铁拳头：

"我负责？我该把你们这群馋猫打到泥坑里去。你们这样发展下去，前途是不光明的。长大了准是一个一个的馋老婆。你们以为那两毛五分钱来得容易吗？那是老百姓的血汗，是拿来抗日、培养我们长大的。你们该买成本子学文化，买成鞋袜行军，你们这样糟蹋了，有了困难再去找上级？同志！艰苦的战争年月还长着呢。"

说完，他涨红着脸，愤愤地走了。我们蹲了半天不敢动，谁也不好意思看谁。只有凤琴，忽闪着两只大眼睛，斜视着远去的玉克，一口一口，把油条咬得可狠哩。第二天早晨跑完步，照常是练歌，玉克站在我们队前，脸上是那么庄严、平静，好像昨晚没发生什么事似的。可是我不好意思抬头看他。这次唱的是《黄水谣》，当唱到"扶老携幼四处逃亡"那一句的时候，我哭了。

从这以后，我老是躲着玉克走，他也很少抬头看我一眼。我想，他永远不会再喜欢我了。

就在这个日子里，开始了百团大战。部队在打仗，群众在大破公路铁路。狡猾的敌人也常跑到后方来报复我们。有一次，我们这群娃娃队，一气被鬼子追了三十里。平常，孩子们为了表示互助友爱总是你抢我的背包，我夺他的米袋。这一次谁也顾不得谁了，我从来也没跑过这么长的路，胸中好像有大块的东西堵塞了一样，大张着嘴也喘不出气来。

我就要躺倒了。突然一双有力的小手，把我的米袋、书包、背包，统统从我身上扒下去，立刻我觉得背上去掉了一座大山，我又能跑了直到跑出了危险地，队伍休息下来，玉克把我的东西往我身边一扔，跑着去给我们找房子。当一个人最需要帮助的时候他帮助了你，怎么能忘记他呀？

三个月以后，我们训练班要结束了，孩子们要各回各的宣传队。在一条小胡同的中间，我碰见了玉克，我们面对面地站了一会儿，这一次我想主动地向他伸出手来握手告别，可是他根本不理我的手，只说了声："清莲！再见！"

我什么也没回答上来就分别了。走到胡同口上，我回头看了他一眼，他也正好回头看我，这一年，他十五岁，我觉得他是我童年真正的朋友。

三

从这以后，我没有再见他，直到四二年敌人大"扫荡"的时候，有一次在战场上，我突然看见一个英俊的少年，被十几个鬼子追赶着，那少年一面跑一面用手枪往回打。他打得那么沉着，那么准，一连打死了五个敌人，敌人不敢再追，他跑脱了。他跑得真快，他的身材，他的步伐，他的气质，多么像玉克呀。我在后面拼命地追他，一直追了十多里，他钻进一块玉米地里，仰脸朝天，躺在一个长满青草的坟头上喘粗气。我大喊了一声：

"玉克！"

他忽地坐起来了，天呀！我不认识他！可是他多么像玉克呀！我相信，假如玉克处在他刚才的情况下，也会像他那样的勇敢顽强。他笑着说：

"小妹妹，我口干死啦，你有办法吗？"

我立刻高兴地满地跑起来，给他拔了一抱青青的玉米秆，扔给他说：

"你就嚼吧，它解渴。"他拿起一根来，一面用牙剥着皮，一面笑着看我。我又跑着扒来几块大红薯说：

"你饿吗？我身上有洋火，把它们烧熟了，就是一顿饭。"他狠狠地吸着玉米秆的水说：

"谢谢你，你就烧吧，反正我不能帮助你。"我立刻蹲在地下用两手挖呀，挖呀，几下就挖了个大深洞。我把红薯排在上面，留了个烧火的口，拾来一抱干玉米秸，点着火烘烘地烧起来。烧到半熟，我把红薯推到火中，用土埋起来对他说：

"焖一会儿就烂了。"

他点了点头，忽然睁大眼睛说：

"哎！你老是看我干什么？"

"你是不是姓张？"

"对不起，我没姓过张。"

"你有没有一个弟弟？"

"对不起，我妈就生了我自己。"我们一同大笑起来。

"你问得真奇怪。"

"因为，你很像一个人。"

"当然我像人，反正不会像小狗儿。"我们大笑了一阵。吃完了红薯，他用袖子擦着嘴上的灰说：

"好哇，我又有劲跑啦，可以追上队伍了。小妹妹我怎么谢谢你呀？"

"你只要像刚才那样，永远别叫敌人捉住就好。"他笑着，向我点了点头，又是那么敏捷地跑走了。哎！他真是多么像玉克呀！

敌人"扫荡"以后，宣传队取消了，我剃了光头假装成个男孩，和我侄女一起，藏在一个老大娘家里。夜间我们三人共盖一床被，白天帮大娘收秋。敌人把庄稼都糟蹋完了，我们把一颗颗的豆粒、大麻子，从地下捏起来，把柴草一筐筐地捎回来。

有一次，我和侄女正背着筐往地里走，迎面来了个拎手枪的小战士。啊！好像又是那个吃红薯的人，可是他猛地喊了一声：

"清莲！"

天呀！这一次是真的玉克，他站在我面前，我那套可身的小军装没有了，我剃成了光葫芦头，穿着老大娘又宽又长的蓝褂子。我们童年共同的歌声、欢乐不见了。他成了一个真正的兵。他好像并不关心我，他只看着我脚边的青草说：

"要求上级，把你们送到太行山去念书。"说完，他头也不回一下，就走了。

天呀！我觉得，他并没有看见我，他越走越远了，我想放声大哭，可是我侄女却猛然大笑起来，笑得她倒在地下，半天才说出：

"一认出玉克，你的两手紧忙把光头抱起来了，你抱也白抱，人家看得见，还不如不抱呢，一抱起来，两个袄袖子那么长，那么宽，就像戏台上吊死的李翠莲。"

她这么一说，我也觉得刚才自己的样子太可笑，我气恼地追打她，越打她越笑，没办法，我放声哭起来。我一哭，她更笑得喘不上气来了，用手抱着肚子说：

"哎哟我的妈呀！妈哟！"看见她那疯样子，我又把哭转成大笑了。

第二天，是一个清静的早晨，只听见哒哒哒远远地跑来一匹马，停在我们大门前。进来了一个魁梧的骑兵通信员，他一把拉住房东的手说：

"老大娘！你家不是有我们的两个女孩子吗？是这么回事，昨天玉克从这里路过，看见她俩没有衣服，他回去抱住教导员就哭起来了。教导员叫我送来了二十块钱，叫你老人家费心，每人给她们做一套衣服。"

老大娘擦着她那流不完的泪说：

"好孩子，都是好孩子。"

老大娘急忙买了几丈白粗布，用胶泥染成了土黄色。整整五夜，她没好好睡，在暗淡的油灯下，每人给我们做成了一套可身的新衣服。

不久，地委会派来了一个老练的男同志把我们送上了太行山。

一年以后，一个女同学对我说：

"你是不是认识张玉克？他也来太行啦。他像是变成一个大人了。前天咱在东山坡上课，他藏在一块大石头后面瞧咱们，我看他是在瞧你呢！等咱们上完课他就跑了，听说他刚被捕回来，身上负了好几处伤。敌人把他折磨得可苦啦，他正在整风班里接受审查。"

听了她的话，我喝不进水也咽不下饭，也不懂得请假去看看他，只是幻想着，在山石草木中偶然地碰见他。不管我的眼睛怎么寻找，太行山有的是瀑布流泉，有的是巨石飞鸟，有的是花草果木，有的是古庙小桥，就是没有看见他。

四

一九四五年冬，平汉战役开始了。我已经下了太行山。我仍然是个宣传员，参加了伤兵运送站。这次战役是解放战争的第一炮，在我的经历中，没有比这次战役更残酷的了。但是，我们没有被打倒，倒把每个人民战士的头脑打得更清醒了。我觉得我们的军队好像是一个巨人，他的身子被打得歪了一下，当他掌握了重心重又站稳的时候，他的眼睛更加明亮，他手中的武器也瞄得更准了。也就从这里开始，蒋介石一生反共的、残忍的、野兽的梦，被打成了冬天的树叶，渐渐地，从那棵毒虫咬空了的老树上，一片一片完全落下来了。

在一天夜里，我小心地走进了放彩号的房间。我动作的声音，连我自己也听不见。但是，在这寂静的、寒冷的、战争的夜里，我听见了一个急促的声音：

"清莲！"

天呀！我站着，怎么不敢回头看呢？我慢慢地，像机器人一样转动了我的身体。在靠近门口的地铺上，我看见了一个英俊的、瘦瘦的、健壮的年青战士。他的两手交叉在胸前，一起被绷带缠着，在脖子上吊着。他稍微低着一点头，一双聪明透亮的眼睛，像黑暗中草原的烈火，他把屋内所有的伤号轻轻扫视了一遍。我明白他的意思，要我尽快把我应该做的工作办完。但是，我的动作是多么慌乱呀。

我用热毛巾给每个同志擦了手，擦了脸，又给他们喂水，喂饭。我想尽力把一切事做得更好、更细、更周全。但是，我的手一直在哆嗦，因为他那一双热切的眼睛，在察看着我每个细小的动作。

最后，我拿着一条热气腾腾的毛巾，走到他面前，他向我摇了摇头，我又把手巾放下了。

他倚墙坐在草铺上并点头向我示意，我面对着他，也轻轻地坐下，他盯着我，看呀，看呀，我们都流泪了。

话，多么难出口哇。他终于先开始了。他的声音低沉而洪亮，他吐出的每个字，像一颗颗的明珠，重重地落在我的心盘上：

"清莲！你，快长成一个大姑娘了，长得很好。可是，你知道我吗？我刚十九岁就当了连长。不！你别觉得奇怪，这连长二字，是多少战士流了很多的鲜血凝结成的。我最后见你那次不久，就被捕了。清莲，像咱们小的时候在一起，怎么会想到人世间会有那么深重的苦难？日本法西斯，用活埋、狗咬、刀砍，使多少个亲爱的笑容永远消失了。那些同志临死，有多少话要对这个星空世界诉说呀！但是，他们紧闭着嘴唇，一个字也没有吐露。那时候我想，要是我出去了，能看见党，我把话都替他们说出来。但是，当我看见了党，我能说什么？从哪里说起呢？

"日本鬼子要把我送到他们的国家去做苦工。你想，我能去吗？没走到天津，我就从火车上跳下来了。是一个穷苦的老大爷，用一双神仙才会有的手，接住了我，偷偷养好了我的伤，他一手拄着拐杖，一手背着五斤面蒸的糠窝窝，把我送出了敌占区，我才又找到了咱们的部队，不就是这些吗？还有什么要说呢？"

"那么，你在太行山看见过我吗？为什么……"

"不！原谅我，那时我刚当俘虏回来，怎么能让你看见？可是我看见了你。你又长出了一头更黑、更亮的头发，我高兴死了。你恨我是个自私自利的人吗？"

我对他摇了一下头，问他："你的手？……"

"那没关系，不久全会好的，再回到部队上还能拿武器，可是你呢？你和你的文工团，还有你们演的戏能一直在前线吗？"

我向他点了点头。

"要是我们打到黄河，打到长江打到四川、广州去呢？都跟着你们？"

他完全抬起了头：

"假如过大海呢？到海南岛、到台湾你们也能？……"

"当然，都跟着。"

他松心地出了一口气，快乐的眼睛，好像要看穿整个世界。他本想站起来，可是又坐下说：

"我还要问你，要是到社会主义，到共产主义，你都一直跟在我的身后吗？不会当我回头的时候，看不见你了吗？"

"不会。如果你不放心，我和你并排走，行不行？"

他仰起脸，把头依在墙上，长串的热泪，从他那微闭的眼睛里无声地流出来。

这时候，天亮了，太阳从东天边伸出了他那五彩的胳膊，那些劳苦功高的民工们，扛着担架，来抬伤员了。

玉克猛地睁大了眼睛，想了一会，说："哎，清莲！你还是那么爱吃油条吗？"

当我明白了他的意思放声大笑起来，他站起来说：

"听见你的笑声，多不容易呀！"

担架都抬走了，玉克的腿没负伤，他跟在担架最后面自己走。他出了门步子迈得那么大，我必须小跑步才能跟上他，他不愿意回头，只是说：

"战斗打了半夜，后面的伤员同志马上就来，你不要送我。"

我急步跑到他面前，两手伸开，挡住他的路说：

"这一次，我不能和你握手怎么办？"

他是那么调皮地笑着说：

"我才不跟你握手呢，你那么小个人儿，就那么封建。那时我心里发誓说：这个女孩子老顽固、老封建，我一辈子不和她握手。"

"现在，你还遵守你的誓言吗？"

他看了看自己一双负伤的手：

"是的！要遵守。"

他走远了，清晨茫茫的白雾，裹住了他那一双宽阔的肩膀。

在人生的道路上，尤其是在战争年月里，有多少次分别，有多少次会见，但是他呀！使人永远难忘……

五

听说他很快治好了伤，就回到了他的部队，这次他回来，他的步伐在大地上迈得更快了。到了一九四七年，关于他的三次立大功，他的非凡的勇敢，他的高度的智慧，他升任为营长，他才二十一岁，已知道像父亲一样热爱他的士兵。总之，关于他和他部队的英雄故事，像飞雷闪电，很快传遍了全军。我想，如果外国人认识他，也会念诵着他的名字。

那时候，我多么傻呀，已经十八岁了，还不知道写信。怎么回事，而他呢？那么聪明，为什么也这样傻？

在多少个深夜里，在冰河中，在山顶上，在多次部队交叉行军的十字路口，那战马，那脚步，沙沙沙走过去了，像巨浪一样地流过去了。我察看过无数战斗员的面孔，我的眼睛都酸痛了，可是，一次也没看见他。

这时候，我们文工团在演出《白毛女》，我扮演喜儿。每次的演出我都是那么热情激动。我总以为，在台下那千万双眼睛里，也许会有他的那双热切的眼睛。他仍然像看我服侍伤员那样察看着我每个细小的动作。但是他为什么不来找我？

有一次，我卸完妆，低头一看，在镜子里看见了他，我把镜子紧紧抱在心口上。在我的身后突然有一个雷一样的声音说：

"你像小时候一样，还是唱得那样好，不过声音老练多了。"

我突然地转过身来面对着他。这个二十一岁的脸上，每根线条都成熟了的战斗指挥员。他是个真正的大人了。我气恼地说：

"白长着这么大的个子，怎么那样不懂事啊？"

他望着我，眼中含满了激情的泪，轻轻扶我坐在放服装的床上。

人们都在忙乱地收拾着舞台，谁也没注意我们。只有枣树枝，在我们头上微微摆动。

汽灯的光照在他的眼睛里，他像从前一样地看着我说："我不愿意只是在信上见你。你知道吗？有一次我们住在运河渡口，听说你们要从这里过河。我直直地站了一夜，又等了一个白天。部队全部过去了，最后一个人的脸我也看过了，没有你，我就跟着那个队尾走了一段路。是骑兵通讯员把我找回去的。后来才知道，那不是你们的部队。"

"玉克。"

我通过自己的眼泪，惊喜地看着他，他是多么神秘，又多么平常啊！我永远不为自己再去折磨他，我相信，不管他当了什么首长，不管他有多少功勋，他永远不会变，他永远会是他。

我真想详尽地知道他的一切。

"玉克，对我说说你打仗立功的事吧！"

他微微摇了摇头，两手轻轻往下一按：

"你知道'打仗'二字是用血写成的，你叫我暂时休息一下吧。"他忽然高兴地问，"你给前方战士做过一个蓝色的慰问袋吗？"我笑着点了点头，他也笑了："你说巧不巧？那个绣着你名字的慰问袋，正好分到我们营来了。我打开一看，里面有两盆香烟，一包饼干和许多红枣。我本想独吞了，又一想，我们营战斗英雄很多，谁也有份儿。我吃了一块饼干，两个红枣，就送给我们营五十岁的一个老英雄了，他又送给我三块饼干。老实说，我很喜欢那个蓝色的袋子，没好意思向他要。"

看着他，我笑了，他现在的样子，多么像小的时候呀！等到再过几年他又会是个什么样子呢？

"玉克！你想过吗？等到战争胜利了，你干什么？"

"不记得了吗？我是多么热爱音乐呀！在打仗的时候，我听见的不是枪炮，而是像海涛巨浪，像雷似的音乐。我想，用我的双手，我的头脑，用我整个生命去尽快地、彻底完成这部战争的、胜利的乐章。然后，你给我伴奏着或是歌唱着，我们共同去谱写一部真正美好的乐曲。"

他的话像冲开阻石的激流，涌流不尽。他每次常给我的这些智慧澎湃的新思想，是人世间最崇高、最珍贵的礼物，我愿，永远听他说下去。

"我们党，从他出生以来，已经战斗了二十六年，付出了多么高的代价呀！创造一种新生活，可真是不容易，一个真的人想从地球上站起来，可是那些豺狼恶狗嫉妒你是一个人，你比它们美，就从四面八方伸血爪撕你咬你，我们的祖先，战胜了野兽，才有今天的人类。我相信，今天的人更聪明。"

说着，他解开身上背的皮包，从里面拿出一些半尺长的五彩照片，摆在我面前。我惊喜极了，我长这么大还没见过这么高大华丽的楼房呢！

"玉克，这都是真的房子吗？"

"当然是真的，你想想看，在这个世界上，有人住这样的楼房，也有人睡在大街上，可是我们呢？今天是山顶，明天是草地，还没有一个站脚的地方！想看看自己喜欢的人，比上天还难了。"

他拉我站起来，把那一张张的照片摆在床上向我介绍：

"这是美国的华盛顿，法国的巴黎，英国的伦敦，意大利的罗马。这都是他们的首都，可是清莲呀！咱们的首都呢？你有首都吗？咱们那些大娘大爷劳苦了一辈子，知道什么是自己的首都吗？等我们胜利了，哪里应该是我们的首都呢？你想过没有？"

我对他摇了摇头，他用食指轻轻点着我的额头说：

"你呀，别光想演戏那一件事，如果一个人不想世界大事，就是思想懒汉。懒来懒去，就变成一个地道的大傻瓜了！好，我不再批评你，现在我们来猜想，哪里是我们的首都？不！你先别说，让我打着拍子，咱俩一齐说，看看咱俩想的是不是一样。"

我很紧张，恐怕和他说得不一样了。他那么庄严地抬起手来说：

"现在开始，我打四拍，最后一拍落地，咱的话也一齐落地。"

我们一齐说："好！一二——北京！"

我们拉起了手大笑着跳起来，就是童年的时候，我们也没有在一起这样说笑、欢乐过。他稍微歪着头，笑着对我说：

"既然你喜欢那些照片，都送给你，并且，一言为定，下次再见你，我一定把北京的照片带给你。听说北京很美，就是没有人家那么多好看的楼。这没关系，咱们自己修哇！"

我收拾起那些照片，重新叫他坐在床上，我细看着他脸上每根线条，和他那双聪明无比的眼睛。我忽然觉得，他有多么奇怪呀！他的心胸像海似的宽阔，他的思想像天空的星星一样透明而丰富。他整个生命，像清泉水，在山间，在花草中，在住满了鸟的密林里，无声地流出来，流到人间，默默地给人好处。

"玉克！在你的面前，我真像个小傻子，你为什么懂得那么多事呢？你也没念过多少书，不就是上过小学吗？你像是从外国刚留洋回来一样。"

"哈哈！"他清脆地笑了一声，"这没什么了不起，每个战斗员都懂得。在生活的激流里，是会懂生活的。比如说，你踏过了人生的各种海洋河流，你就会知道哪儿深，哪儿浅，哪儿有吃人的鲨鱼，哪儿有宝贝。清莲啊！这人生的海洋，可不像咱童年想象的那么简单，只有用你的头脑真正熟悉了地形，懂得了什么是好，什么是坏，什么是美，什么是丑，你就不会堕落到腐烂的泥坑里去，你就会永远走着一条光明的大道。"

"这么说，你对一切都明白了吗？"

"不！要是和'一切'比起来，我只不过是刚从蛋壳里爬出来的小鸟儿，还没长毛呢！我多么想上学呀，胜利以后，如果我上了音乐学院，我身上长出文化艺术的翅膀，我就飞着去看看我们走过的每个地方，把经历的一切都谱成乐章。那里面会有英勇的战斗，也有战后甜蜜的休息。有我们的大娘大爷——我们亲爱的人民，和他们那不朽的劳动。其中也必然有太行山清清的流水，在山顶的一棵柿子树下，坐着一个多情的少女，她从小就离开了母亲，假如她允许我坐在她身边，我就对她唱起我自己谱写的歌曲……"

我好像看见了他说的一切，又像听见了他那美好的歌曲，天哪！我把他怎么办呢？假如泪水能说出我心里有多感动，我真想扑在他怀里哭……

眼前的生活惊醒了我们。

舞台前后收拾完了，团长叫大家回村休息，说明天要到更远的地方去演出。

玉克轻轻扶起我，悄声对我说：

"我们离这二十五里，送送我好吗？"

我没有回答，悄悄跟他走出后台，走出村儿。

身后汽灯的亮光远了，人声被深夜的寂静淹没了。在我们前面只有高空的月牙，只有一条中原的、明亮的小路，和路旁的草丛。

我们走着走着，尽量放慢脚步走着。我把他送到了，他又把我送回来。

有无限延长的乐谱，没有无限延长的道路。当黎明的鸟声一叫，他像被火烫了似的，紧紧握起了我的双手……

中原！

你这历次英雄的战场，

你这古代祖先的住所，

你给过人多少苦难，又多少欢乐？

你给人们起过多少光荣的名字？

多少人在你的土地上走过？

中原！

这一对年青的友人，

在这二十世纪四十年代里，

在你的胸脯上，

肩负着时代的重托，

留下了深深的脚印。

六

不久，羊山集战役开始了，打的是蒋匪帮最强硬的六十六师。

地球上有多少高山峻岭？我们祖国的河山数不清。可是羊山，谁知道你是个什么东西？你只不过是个大黄土堆，那些万恶的豺狼疯狗占据了，在你上面修了数不尽的地堡。

一个年青的营长——我童年的、少年的、青年的、永远的朋友，我最亲爱的人，用他和他战友的鲜血，把"羊山"二字，永远写在了战史里。

战斗结束不久，那个五十岁的老英雄找我来了。他站在一个十八岁的少女面前，不像是父亲吗？他却像孩子一样捂着脸，不愿让自己哭出声来。

我明白什么事情发生了，我像木头一样站着。

世界好像不存在了，在我面前，只有他的面容，他的眼睛，他那珍珠似的语言，和他手中的武器——这一切，化成了他那不朽的音乐在我整个的心灵中热烈地鸣响起来。

"老英雄！别哭啦！让他自己谱写完他的乐章吧！"

"我们的营长，每次打起仗来，想尽一切办法保全我们的生命，并想更多更快地消灭敌人。他像最孝顺的儿子，又像最慈爱的父亲。这一次，又是他领着头，在那不分个粒的弹雨下，用刺刀、手榴弹，打毁了所有的地堡，扫清了道路。敌人的枪炮哑巴了，成群的俘虏举着双手，跪着。满山都是乱扔着的枪炮，和飞机空投的弹药。我们以为这次战役就算结束了。可是谁知道最后，还有一个最坚固的地堡，就是它，把我们全营战士的心挖去了……

"那个地堡里，半天没往外打枪，当我们营长领头冲上去时枪声响了……

"全体战士，像狂风一样，鸣的一声冲进了地堡。那里面集中了六十六师所有还活着的团长、师长、参谋长。他们像被勒住脖子的疯狗一样，挤在角落里。战士们多少只手一齐撕住了他们。就是把他们剁成肉酱，把蒋匪军全部消灭光也减轻不了我们的愤怒和悲痛……

"我们掐着那些狗官狗将的脖子，把他们拉出地堡来，叫他们跪在我们营长身旁……

"多次的流血，战斗，把我们锻炼成了勇敢坚强的战士，可是这一次，我们围着亲爱的营长……"

老英雄颤抖着手，从腰间抽出那个蓝色的慰问袋放在我手里，哽咽着告诉我："他说就是还没有给你找到，北，北，北京的照片……"

七

今天，我在首都每座宏伟的建筑物前，都拍下了五彩照片。我把它们拿回家去，和那些华盛顿、伦敦、巴黎、罗马的放在一起。亲爱的，我告诉你，那古老的北京——我们的首都，是最新最美的。

亲爱的！这北京的照片，是党，毛主席，你的战友们，和全体劳动人民给咱们找到的，给我找到的。

亲爱的！在每座建筑物的光辉里，我都看见了你。你微仰着年轻健美的头，在瞭望全宇宙。

你从童年就向往的，世上最美好的交响乐，在我们童年欢聚的河北大平原，在秀美的太行山，在我们战斗的中原，在祖国辽阔的土地上，一起轰响起来。

亲爱的！你该是多么高兴！

万妞

菡子

【关于作家】

菡子（1921—2003），原名罗涵之，江苏溧阳人。1934 年考入苏州女子师范学校；1936 年开始发表文学作品；1937 年参加江西省青年服务团；1938 年到皖南新四军军部战地服务团做民运工作，同年加入中国共产党；1946 年加入"华中文协"，后又转战苏北、山东战场。曾任《前锋报》《抗敌报》《淮南日报》的编辑、记者，《淮南大众》社长兼总编辑等。1952 年赴朝参战，参加过上甘岭战役；1956 年调往中国作家协会任创作委员会副主任；1962 年任上海作协理事，从事专业创作。其代表作品有短篇小说集《前方》《纠纷》，散文集《和平博物馆》《前线的颂歌》等。

【关于作品】

这是一篇极为杰出的作品。战争年代，詹老爹收养了革命军人的孩子万妞。解放了，却无法找到她的父母——他们极可能已经双双牺牲了。部队做了安排，让詹老爹把孩子送到芜湖军区子弟学校上学。为了照顾妻子詹大妈与孩子的感情，他决定过完春节再送万妞去部队。自己养大的孩子要离开自己，这令詹大妈难以割舍，她警告丈夫："女儿是我喂大的，你不要挑我的疼处碰！"詹老爹试探着问孩子愿不愿到芜湖念书，孩子只反问道："那我跟哪个一头睡呢？"但是理性告诉他们，把万妞送去部队，她才能接受更好的教育，才能告慰烈士的英魂。詹老爹劝说妻子放手，引导万妞上进，以理性纾解她们的情感困扰，最后在大雪天气里背上万妞上路了……

本作品带有浓重的生活气息，比如要过年了，詹大妈做糯米团子，炒蚕豆，我们从中看到了民间的烟火气。作品处处都是写实的，处处都含有深情，如："大年初一自然不能再谈。外面下雨，詹大妈把这个家中最早买的一双新胶鞋让万妞穿了，吃饭的时候大块的肉朝万妞碗里塞。詹老爹这边，拿了爆竹先叫万妞去放，小街上有卖糖人的，老爹给万妞挑了最大的一个。好像老两口暗地里比赛谁对万妞更好些。其实他们心里到底想些什么，只有他们自己知道。"詹老爹一家对万妞的依依之情，就是通过细节表现出来，极为含蓄，却感人至深。

乡里人的邮件照例总在供销合作社收发，这个事许多与外地没有来往的农民并不在意，乔岭山村里的詹老爹，从前也不知道小店里有个绿箱箱，自从他为自己的养女去找爹妈，到芜湖军区去过一趟，他才惦着等信这回事，每回走过村中央的石板路，瞧着那仿佛高高在上的小店，就惊喜地想到：柜台上那只木头箱子，能传来几百里路外的话儿。

腊月二十五，詹老爹揣着封信往家里跑。这是土改后的第一个春节，山坳里兜着太阳，天气就是比往年暖和些。家里忙着搞过年的吃食，这时詹大妈领着孩子在厨房里爆糯米，准备做球似的欢喜团子。孩子们跟着糯米的涨大欢呼着："胖了，胖了！像个胖娃娃了。"他们要把小手插到盛在匾里的松软而滚烫的炒米里去，妈妈愈过来赶他们，他们愈是伸着小手装着要插下去的样子。后来又炒蚕豆，噼噼啪啪热闹而愉快的响声，唱出了孩子们心中的歌。要是爆出一颗豆来，马上有人不顾烫手接过去了。孩子当中调皮的事都由一个圆圆脸的小姑娘带头，数她的小手伸得长，她手里的蚕豆最多，这就是老两口最宠爱的养女万妞。矮小的詹大妈像个孩子头，从锅门映出来的火光，照得她一脸红彩，发亮的头发松散地披在两鬓，她嘻嘻哈哈的，多少年来詹老爹没看见她这么年轻这么高兴过。詹老爹看了一会，把眼神定在那口大锅上了，这是土改分的，大家照顾他人口多。人们说："生了十胎，剩了四男二女，万妞还顶了他丢掉的第八胎，前几年又添了媳妇孙孙，一家十三口人，没有一个大锅哪成！"从前小锅小灶，又专吃稀的，烧两遍才轮到大家喝碗稀粥，现在有了这个大锅，再添几个人吃饭也不愁，你看，过年还做起欢喜团子来了。

万妞的爹妈没找着，芜湖军区叫把万妞送到子弟小学去读书，老爹已经复信说正月初八送她上路。他准备把这个事拖到过了年再说，可是愈看着老伴、孩子高兴，就怕过年时愈拆不散她们，不如早几天说明了的好。拖到三十晚上，由于传统的习惯，他知道人们最容易在这个时候容忍一切。

万妞睡了，他跟老伴对坐在被筒里。他先噗哧噗哧吸着旱烟，又在床沿上敲烟棒，对万妞瞧了一眼，他沉闷地说：

"打听遍了，到底没找着她爹妈。"

"打下十几年仗，死了多少好人，也难怪找不着……"

詹大妈也同情地应着。她看出老爹心事重，又温和地接下去说：

"你不是说过的嘛！找着了我们也还是她的父母，找不着我们更是她的父母，我们疼她还来不及呢。"说着她就偎着熟睡了的万妞。

老爹知道顺这么说下去，扯不上题，他又死劲敲烟棒，一下一下想敲出个狠劲来，终于他斩钉截铁地说：

"初八我送她出门！"

"什么，到哪儿？"

"她是公家的人了，送她去芜湖军队里念书。"

"我不问她公家私家，女儿是我喂大的，你不要挑我的疼处碰！"

"疼她还要栽培她！"

"我们不能栽培？过年就送她上学堂嘛！"

"人家部队上比我们管得好。"

这几句对话，一句抵着一句，虽说一个是有准备的，一个没有准备，可就是针尖对着麦芒，谁也不让谁。一冷场，大妈就想起跟老头来硬的不行，她和解地哀求着：

"算了吧，我们锅里多放瓢水，也够她吃的了，车上多纺支纱，也够她穿的了，有难处我顶着……"

看她想到哪儿去了？难道多嫌她这张嘴？老爹为的是既然亲爹妈真的不在，要把她教养成人，对得起国家，就得听部队上的话，他一个农民家担不起这个担子呵！他知道老伴爱缠，不如干脆地说：

"知道你的好心，可这个难处你顶不着。"

有她做娘的顶不着的？她耐不住，又火了：

"什么难处？你得了公家的钱还是怎么的？"

本来是一句气话，可老爹脸上刷红，他曾为部队上寄来的二百万（二百万是指人民币旧币，即作品发表时的二百元）抚养费懊恼过，怕人家说："一天跑过小店东张张西望望，就为的等那二百万呢。"经老伴一提，他讷讷地说：

"钱都寄在小学老师那儿，你去问他吧！"

"我倒要拿来看看，一张票子倒有多大？"

"一个小钱也不准你拿，孩子的钱留着给孩子。"

"我能用那卖儿卖女的钱么？"

这伤着两位老人的心了，成了僵局。万妞却在这时翻了个身，大妈趁势搭讪着说：

"我们不能问问孩子？就算我们舍得，她不肯走，你也不能撵她，人们还不知要说些什么闲言闲语呢。"

两个都舍不得推醒万妞，还是老爹磨过身去，压了她的腿，万妞自己醒了。两个老人慌着像得罪了她似的。他们互相望了一眼，立刻想到要在她身上进行一场决定去留的占卜。

他们都想用一句最灵的符咒打动她，可是想出的不是符咒，而是最平常的语言：

"部队上接你到芜湖念书，你去不？"

"离了你的娘，你惯不惯？"

万妞揉揉眼，仿佛很清醒地反问：

"那我跟哪个一头睡呢？"

大妈听到这话本来该笑的，可是她却幽幽地哭了起来，一颗母亲的心在安慰和怜惜中哭了，老爹的眼圈也有些发红，他知道这次的谈话只能到这儿结束。

大年初一自然不能再谈。外面下雨，詹大妈把这个家中最早买的一双新胶鞋让万妞穿了，吃饭的时候大块的肉朝万妞碗里塞。詹老爹这边，拿了爆竹先叫万妞去放，小街上有卖糖人的，老爹给万妞挑了最大的一个。好像老两口暗地里比赛谁对万妞更好些，其实他们心里到底想些什么，只有他们自己知道。

年初二，老爹领着万妞到山后陈塘大姑妈家去拜年。大妈知道他什么个用意，她不阻拦，看他们父女俩上了山路，她蛮有指望地想：去吧，我看你讨来的是谁家的救兵。只有做娘的人才知道做娘人的心意，他大姑妈的儿子长到十七岁出去，她的心也是悬着的啊！

河里涨了水，他们只能翻山。这是好几年没有走过的路了。万妞拉着老爹的手，一步步往上爬。藏在茅草里的石板路，躲在一边的凉亭，弯躬曲背的老树，对她都是陌生的，只有回过身来，看见那青瓦白墙飘着红旗的村庄，愈来愈显出亲切的印象。

"妞呵，你可记得走过这条路？"老爹慢条斯理地问。

孩子毫无记忆，摇了摇头。于是老爹对她说，五年以前，还是她六岁的时候，庄上住着反动派的五十二师，一个姓吴的伙夫头，在赌场上不知道怎么听说万妞是小新四军，就来敲詹家的竹杠，锅里碗里的都要，有次煮了山芋，他就来揭锅盖，万妞不让他拿，他就磨磨刀要杀万妞，还嚷着说："有小新四军就有老新四军，都给我交出来！"那时詹老爹吓得从楼板上滚下来，护着万妞不放……

"这下我记起来了，我站在小凳上护着锅盖的，我还骂他土匪，对吧？"万妞突然清爽地接下去说。

"对嘛，那时你的志气就好。"老爹异常高兴地夸奖万妞。

接着又对她说，当时把熟山芋都给了姓吴的，有人把他拉走了。到晚大家商议，怕万妞真有个三长两短，叫老爹连夜背着她翻过这座山，把她送到大姑妈家里。这一段万妞又记不得了。老爹说：

"你那时是个困娃娃，棒子也打不醒你，爬山你还能知道？"说得万妞咯咯地笑了起来。

"你说你是不是小新四军？"老爹又提醒着问万妞。

"是嘛！"女儿坦率而含糊地回答。

"那你可是新四军里的人生的？"

"爹，又来了，娘不让你说这个，你笑我，就说我不是你生的。嗯。"女儿有些撒娇地说。

"真的，你的爹妈比我们强十倍。"老爹还有些认真。

"哪还有比你们好的？"女儿也是由衷之言。

"我们待你好，也为的你是共产党部队上留下的呵！你再想想，部队上怎么单叫你去念书？"

万妞想通了一点，觉着这里头有来由，可一个从未缺少父爱和母爱的孩子，没有想到要另外去找一双爹妈，何况她又是一个傻丫头。她只狐疑地问：

"我那爹妈怎么不来瞧我？"

老爹不忍再说下去，他心里扣着自己的题目，谨慎地说：

"这你以后就知道了。妞呀，我再问你，一个人有志气好没志气好？"

"有的好。"

"念书是不是坏事？"

"不是。"

"那我带你上芜湖念书，你去不？"

万妞低着头，只听她微弱然而坚定的声音答道："我去!"

抬头看见姑妈的庄子，就结束了这途中的故事。

詹大妈盼了两天才把父女俩盼回来。一阵锣鼓进了群峰包围的山庄，比敞着地方格外响些。这支队伍不小，一会儿全庄的老老小小都聚在一起了。他家的一老一小，也正欢天喜地地走在队伍的前边。队伍在詹家门前场子上停了下来，说要演戏呢。仔细一看，那骑在高头大马上好像个参军的，就是乡里年轻的指导员，从部队上下来的，她的外甥；巧的是他的亲娘，詹家的大姑妈，也跟在后边。詹大妈忙挤过去拉他姑妈和外甥进屋里喝糖茶，不料他大姑妈做了一个眼色愉快地回答：

"不慌，老妹子，俺们先办正事……"

正事就是乡政府已得到通知，认了詹家的"军属"，给他们送了个大匾："光荣之家"。因为詹家搁不了这么些人，大家没有进去，就把大匾挂在门楼上。回头就请詹家老两口坐在场子中央，大家给他们拜年。指导员捧过两个带飘带的大红彩球，把个最大的套在詹大妈身上，老爹跟她开玩笑说：

"你看你的比我的大。"

"我们两个换嘛!"

"不，不，该你的大。"

老两口真诚地推让着。

不一会儿演戏就开始了。原来就是指导员母子俩演《送子参军》。詹大妈弄不清他老姐姐几时当了演员，十年前新四军在这儿，这里的人都唱着过，总有一半人上过陈家祠堂的戏台，可也没看见过他老姐姐有这个本领。这时老演员却和她的儿子一本正经地对唱着，从不关风的牙缝里漏出音来，人们倒也能听准她咬的字眼，原是些令人感到亲切而激动的熟透了的词儿。虽说这是五年前母子俩的真戏，可你说是一幕老戏也成，十年前多少人这么走掉的啊，现在又有多少人要这样走进自己的队伍。只有最后母亲给儿子送鞋的一段，完全是新词，老演员也更加生动活泼起来，她灵活地做了个出房门的姿态，从怀里掏出一双鞋来，就动情地唱了起来。

老奶奶们掀起围腰裙来，揩眼泪了呢，都有一颗做娘的善良而倔强的心呵！她们没有猜疑唱的是别一个，就像相信自己一样认定这末一段准有过的。只有最知道底细的詹大妈，知道自己的老姐姐那时心里也有些不痛快，又正害了眼，线都穿不过针眼，没做什么鞋。而詹大妈自己那时正服侍大媳妇坐第一回月子，也没顾上为外甥做一双鞋，可是这做鞋的事，好熟呵！她正揣摩着，外甥瞧着她哩，笑盈盈的黑眼睛。可他把对唱的词儿忘了，只提高嗓子唱了两句，一阵脸红，看着勾肩搭背的姑娘们替他着急，他就趁势过场。

"下面换个节目，叫小姑娘们唱！"

姑娘们毫不推辞，对着年轻的指导员，一条声地唱起十年前最流行的《送才郎》来：

　　　　送呀才郎
　　　　送到大门口，

一出门就看见

张灯又结彩……

飘着红旗的山村，留在激昂而幸福的回忆中了。老演员却在这当儿抢过去拉着她老妹子的手，嗔怪地说：

"唱得喉咙冒火，你也不递我一碗水喝？"

"快家去，老早煮了红枣糖茶等你！"

她们手牵着手走到门口，大姑妈故意端详着门楼上的彩匾，问道：

"光荣不？"

"光荣。"詹大妈有点羞涩而温柔地答道。

"还不把你的报仇鞋子拿出来，送万妞上路。"跟她的儿子一样的笑盈盈的黑眼睛看着大妈。

这下了完全明白了，唱的是她。五年前给国民党的部队欺得厉害，他们像抓到了什么把柄，总指着万妞要小的也要老的，把她家当个菜园门，直进直出，见什么拿什么，没让她们过半天安生日子。她追根起苗地想过，千不怪，万不怪，只怪国民党陷害忠良，她念着万妞的爹妈还不知在哪乡吃苦。要共产党能成功就好了，万妞早晚总是共产党的人，那时她就替万妞做了一双结结实实的报仇鞋，指望她十六岁上穿出去替父母替穷人报仇。那时她真想学古时候岳元帅他妈的样，恨不得在万妞的背上刺四个大字。可是现在天下太平，万妞也只有十一岁，鞋子还差着一大截呢。她领会了他大姑妈的心意，忙说：

"他大姑妈心好狠呵，我就知道一笔写不出两样詹字。"这时她才知道讨来的是谁家的救兵了。要不是他大姑妈急着回去照顾孙孙，到底是谁家的救兵还可再见一回分晓。

　　一场风波以后，老两口似乎有些和解。可是初八是个大关，双方都提心吊胆的，还有小万妞身上的变化，更成为他们注视的焦点。万妞多了一双带绒球的布草鞋，像她亲妈十年前穿过的一样；她有了八角帽，带帽耳的；还不知从哪儿找出来一根泛红的皮带……詹大妈看到这都是老头子默默地替万妞安排的。"无非是要把小闺女打扮像个兵呗！"她有些气恼地想。她也看出小万妞爱新鲜，添一样东西跳八丈高，雀儿似的，她才不管它兵不兵呢。可她这小兵模样多俊呵，大妈一阵心酸，想到万妞的妈，只比万妞现在看长几岁，也是这模样儿上她家来的，生了个孩子也不知怎么个抱法，没坐月子就爬山，听说孩子要尿布，马上把小褂扯了……那时孩子爸爸早上了前方，后来这个到江北去找，那个又回了江南，一个南一个北，都是为国为民为的穷人啊！也在这两天，她的两个大儿子，万妞的大哥、二哥，也在万妞身上下功夫，大哥教万妞上操，这不知哪来的本事。还有二哥，平时瞎眼聋耳的，这会儿学老早住在这儿的新四军战地服务团的样，伸手仰腰的，教万妞练嗓子呢：

　　"—————定要霍霍（'腹部'走了音）发音！"

　　老爹看着好笑，大妈看着心伤，她有时一步步追着老爹说：

　　"女儿是我的，我不放，看哪个能把她拉去！"

　　"能放十个孩子也不能放我的万妞。"

　　"我明天就带她去看她家婆。"

　　她口气愈硬，声气愈软，老爹一概不理，只一笑了之。初七以前，只见他把牛草铡了，粪出了圈，打了三双草鞋，没有借小驴，自己架起磨棍推出了过元宵的米粉，这些本该是奶奶们做的。大妈起先当他为了要出远门，后来也看出这是为了给自己卖好。看他累得一身汗，晚上翻身打转，不免心疼起他来，心里对他说："老伴呵，何苦呢，老伴呵！"其实她也早动心了，悄悄地去问过老师：寒暑假都在什么时候放？一个人到底要念几年书？还悄悄翻箱倒柜把报仇鞋拿出来看过两回，又替万妞买了两双新袜子，上了袜底袜船，纳得密密麻麻的。

初七的晚上了，大妈在床上搂着她的万妞，试探地跟老爹进行最后一次的谈判：

"自己还穿不来衣裳的孩子，交给他们我不放心。"

"十一年前，人家粉嫩一朵小芽儿交给你，怎么就信得过？"

老爹这句话倒也有几分道理。可大妈又想起万妞平时贪睡，自己也总由着她，快吃早饭的时候，才掀起她的被子说：

"傻丫头，太阳晒屁股啦！"她才扭呀扭地起来，到外面去能这样么？她有些着急地说：

"一早要上操，孩子醒不来的啊！"

老爹笑了："就是你惯的！"

"我不信不打仗了，还要送她到兵模子里去套！"大妈还有理由。

"学她爹妈的样！"老爹更理直气壮。

"长十六岁去不成？"

"不成！"

"过了月半走！"

"不成！"

"你看你像个铁面判官，我一推门，你就跟个门棍似的顶

163

回来。”

“是个好判官嘛！”

说着，说着，两个都笑了起来，万妞也笑了。她妈心不死，想再探探万妞的心意，她说：

“俺们不能再问问万妞？……”

“你问嘛！”老爹对母女俩同时投过鼓励的眼色。

“妞呀，你出门跟哪个一头睡？你还没离过你娘的手臂弯呢！”母亲自有母亲的体己话。

“娘，学校里有枕头……”万妞率直地回答。

“你真能离得你的娘？”大妈又追问一句。

“娘，我有志气。给我那鞋吧，你的心真好。”女儿严肃而娇媚地说。老爹和大妈都看出孩子长大了，从前她是个不长心的面娃娃。

还有什么话好说呢？大妈只好轻轻地叹了口气，侧着身子睡了下去。

山村里正月的旋风，像个不请自来的夜客，爱在黑地里敲门，门环儿嗒嗒地响了一阵，屋子里就都是风的声音了。被筒里透进一阵寒气，三个人偎得紧了一些。老爹筋骨发痛，愁着变天下雪；大妈也愁着：这不是出门的天！可她有一点儿高兴，也许老头子突然改变了主意。他们都迷迷痴痴的，睡不熟，熬到五更，老爹披衣坐起，大妈就猛地竖起来了：“上趟去芜湖也是这股劲，当真这号天能走？”她说着连忙穿起衣服，抽开门闩一望，惊喜地说：

“撒得一地白花花的，下雪了啊！”

“下雪也走，不能第一趟出操，就不听口令。”屋里传来老爹坚决的声调。

"万妞是走得的?"

"我背。"

大妈哼了一声:"我拗不过你……"就在床沿上拦着老爹别忙穿衣,老爹怕她瞎缠,哪知她说:

"外面风比刀还尖,你没有紧身衣服,把我的棉背心脱给你。"

多么感谢这个矮小的忠顺的妻子。他轻轻地摸摸她的手:"你不冷?"一听大妈回答"我又不出门"就更心疼她了。土改以后,他腰里有钱,能够爽快地对她说:"到芜湖我给你扯件新的。"

这时大妈多么慌张呵,她生火、加柴、添水、调粉,又搓元宵、又泡红枣,还要煮上路的茶叶蛋(一个个都是她肥壮的黑鸡婆生的),你看她抓了多少香菜和芝麻灌心糖呵(这都是皖南的特产,参加过新四军的老同志现在都想着的),提着的,包着的,都得收拾停当。家里有人出门,谁都能埋怨这个没有准备的不知事的妻子和母亲。她头不梳,脸不洗,恨不得长四双手,锅前、房里,小脚踩得地板咯咯地响,橱上的铜搭子,也叮叮当当地响着,好像后面树林里传过来的清亮的仙乐。老爹站在锅门口,又从大妈的脸上看到三十晚上年轻而欢乐的妻子。

做好饭,大妈才蹑手蹑脚把万妞叫醒,就叫她站在床上把衣服穿好,最后一次替她系好裤带,告诉她怎么打又紧又活的结子,免得出什么意外。最后自己站上凳子去,举了个灯,在橱顶的箱子里,窸窸窣窣地翻出一双鞋来,捧在手里,就站在凳上说:

"把这个也带去,给你部队上的叔叔伯伯看看,说是你娘头五年就给你做的报仇鞋子——你看我也不落后嘛!"这末一句是对着老爹说的,在灯光下她有多么光彩的眼睛呵!

踏过千山万水坚不可摧的鞋子,正如她大姑妈描述过的。

鞋底上还纳出"爱国"两个大字，当时怕"报仇"二字显眼，叫国民党看到碍事。鞋窝里塞了一球大妈前两天放进去的棉花，现在不合孩子的脚，也能看到它将来的模样。这双鞋是劳动人民忠诚的证物，最明智的母亲的纪念品，部队上的同志一看什么都能明白。

一支小小的家庭的队伍送走了父女俩，老爹不准惊动四邻，怕的有人拦他，所以当指导员赶来的时候，他们已翻过了乔岭。

在一个凉亭里歇脚，老爹抽着旱烟，想了又想，慎重地开腔："妞呵，人家问你你姓什么呢？"

"姓詹嘛！"万妞没想到还有别样的回答。

"傻了吧，你是有姓的人，"老爹摸着万妞的头意味深长地说，"我跟老师商量半天，给你起了个上学的名字叫'万烈'，姓你爹的姓，这个'烈'字，意思很深，就是说要有志气吧，往后你自己认了字再去详吧！"他把这个意思说了出来，才觉得最后尽了十一年教养的责任。

"人家叫我，我不晓得答应怎好呢？"姑娘一本正经地说。

"你这个不长心的，硬记也是要记住的呵！"这是养父最后的命令。

漫天大雪，他们仿佛总走在雪花的前面，一步一个脚印。

咔嚓，咔嚓！

出了山，到了一片开阔的地方，耀眼的飞舞的银白色的天空和大地，把这一对仅有的路人拥抱起来。小万妞双手抓着雪花，眯着她的眼睛，把嘴巴套在她爹的耳朵上问道：

"爹爹，雪花花里哪儿是路呵？"

父亲已是一个童颜鹤发的"白胡子老头"，背着他披着白雪的姑娘，大声地回答：

"妞呵，踩在哪儿都不用怕，这亮晶晶的干干净净的世界，哪里都有路呵！"

一九五九年九月下旬国庆十周年前夕为纪念新四军战地服务团老战友而作

三走严庄

茹
志
鹃

【关于作家】

茹志鹃（1925—1998），曾用笔名阿如、初旭，浙江杭州人。1943 年随兄参加新四军，入苏中军区文工团工作，并开始文学创作；1955 年转业到中国作协上海分会，任《文艺月报》编辑；1960 年起成为专业作家，后任《上海文学》副主编、中国作协上海分会理事；1958 年发表短篇小说《百合花》，引起轰动，此后相继推出《高高的白杨树》《静静的产院》《三走严庄》等小说。其作品《剪辑错了的故事》获得 1979 年优秀短篇小说奖。

【关于作品】

这篇小说不单单是讲述一个关于土改运动的故事，更写出了人在社会运动中的成长。收黎子本是一个普通的家庭妇女，她凭着对土地的渴望，怀着"要闯个活路"的勇气，成了土改运动的积极分子。后来国民党袭击严庄，地主独狼的老婆反攻倒算，残杀了收黎子的儿子小全。收黎子认识到，就算一个地方的敌人被消灭净了，其他地方的敌人也还会来，认识到了"是敌人，就得干脆彻底地消灭"。丈夫带着护家队支前，收黎子就率领留下的人整修被敌人烧掉的房子，恢复生产，保护家园。到了后来，她还带着一帮妇女运粮，支援前线。收黎子本是一个普通的农村妇女，在革命中得到了锻炼，逐渐成长为一位充满自信和力量的基层干部。

　　如果我们能够普遍地彻底地解决土地问题，我们就获得了足以战胜一切敌人的最基本的条件。

　　　　　　　　　　　　　　　　　　　　——毛泽东

　　晚上，没有风，却飘着雪花。它们悠然地飘下来，悄无声息地落在路上，落在冬麦上，落在战壕里。远近的村庄，不时闪出一星两星的灯光，这家那家的屋顶烟囱里，时不时有火星冒出。淮海前线的军民，正在欢度一九四八年最后的几个小时。

　　我从前沿给战士庆功拜年回来，独自走在雪地里，脑子里还是活动着前线的景象：敌人那些灰白色的空投飞机，仓仓皇皇地飞来，给包围圈里的敌人，投下一些吊着木箱的降落伞，又仓仓皇皇地飞了去。降落伞还在空中飘飘荡荡，包围圈里的敌人已乱了营，他们像饿疯了的狗，从地下冒出来，互相抢着，夺着，打着架。我们的战士，却坐在缀满松柏红花的工事里，看着、议论着。一个大个子战士幽默地说："为啥要抢？集中起来，统一分配嘛！"

　　"你去当他们的总司令就好了。"另一个战士说。

　　大个子认真地说道："不是吹，我当他们的总司令，保管他们挨不了饿——缴枪，过来吃大馍。"

"哈哈……"工事里发出一阵震耳的哄笑。接着，不知哪个兄弟连，接连向抢东西的敌人打了两枪——进行"劝架"。这种劝架法真是百灵百验，枪一响，果然那些抢的，夺的，打架的，都一齐放手，钻下了地。战士们又发出一阵快活的哄笑。忽然，笑声中响起一阵哨音，炊事班给前沿战士送来了热腾腾的新年晚饭。

大个子眯细着眼，津津有味地咬着白面包子，一边说："这面一定是咱胶东送来的。"

"是济南。"

"是泰兴的!"

"是……"

啊! 雪白雪白的面。我吃着这雪白的包子，想起千里以外那一个小小的村庄。她曾经说过，磨了白面等我，我想，这白面也许是严庄来的，是收黎子，是来全他们送来的! 我激动地在心里断定："是她，是他。"

雪，好像下得更猛了，地上一片洁白，但是路上已有一行深深的脚印，步子很大，是走向前沿去的。我索性把军帽耳翻上去，让雪花飘到我热烘烘的脸颊上，想借此平静一下内心的激动。但是这样做，并没效果，我脑子里像翻了江倒了海，许多连贯的和不连贯的事情，许多记得的和已淡忘了的事情，忽在此时此地，一齐向我涌来……

去年，一九四七年，正是高粱红的时候，我和军区民运部的老马同志，第一次来到了严庄。严庄不算是个新区，但这地区地方武装力量不够强，还残留一部分政治土匪，他们勾结地主，经常有活动，甚至半夜里抬了铡刀进村，找我们的村干部。因此这地区的土改工作就有些特殊，农民一方面是迫切地要求土地，一方面又有顾虑，不敢要土地。我和老马去严庄的任务，就是协助政府，在那里搞土改试点工作，要发动群众，要进行土改，同时要组织农民自己的看家队。

严庄是个好地方，庄前庄后一抹平地，只在地平线上，淡淡地勾出一些高山的轮廓。我们由区队员带领进庄的时候，虽然是大白天，可是庄里肃静无声，静得叫人不安。我们首先来到农会长严来全的家里。来全是个三十多岁的楞汉子，正和他的爹在砌院墙，一见我们两个穿军装的进去，他呆了呆，神色有些紧张，接着就把我们引到屋里，乒乓把大门关上，然后才招呼道："来了，同志！"

村里那种出奇的静寂，来全的关大门，这一切使我立即在心里做了一个决定，明天一定要争取文工团来一个小队，在这里演出一下，那时候叫作"轰一下"，大锣大鼓，唱唱跳跳，要把这种令人不快的寂静赶跑，要让人们敞开大门跟我们说话。

来全把大门一关，屋里顿时黑洞洞的，看不清人面，只听见老马开门见山地在问来全，这庄里基本群众的情况怎样，积极分子多少等等。坐久以后，我才发现这屋里还有一点光源，这是从我背后的一扇窗户里照出来的。原来，房里一个大炕的墙上，开有一扇窗，光，就透过这纸窗照了进来。而且，在窗前的炕头上，还端端正正坐着一个妇女，有二十多岁，这大概是来全嫂了。她全身坐在亮处，低眉垂眼地在做针线，好像根本没看见她家来了两个陌生的客人。我当时想，这个来全嫂，恐怕是属于那种不问外事，安分淑静的妇道人。

老马和来全谈着如何串联群众,培养积极分子,怎么开齐心会搞土改,来全都全神贯注地听着。可忽然,我见他冲我后面直皱眉头,我回头一看,见那位宁静的妇女,不知什么时候已悄悄地下了炕,靠在房门框上听我们谈话。尽管来全对她又皱眉又瞪眼,她却只当没看见,依然倚在那里听老马说话。我一回头看她,她还大大方方地朝我笑了笑,然后才悄悄地走了进去。来全听老马说完贫雇农要团结起来斗争地主、分配土地,立时勒勒袖子站起来,一手拉开两扇大门说道:"行,豁上去干了!"

大门一开,房里亮了。但朝外看去,村里还是鸡不啼狗不吠的,一点声息也听不到,只见来全爷仍埋头在砌墙。这顿时给了来全一种压力,他青筋暴暴地踌躇了一会说:"要是群众不跟上来怎么办?"

"只要真正发动了群众,群众会跟上来的!"老马断然地说。

这时,我一回头,发现来全嫂,她又悄悄地倚在房门边,面上露出一丝笑意。

区里来人联系,说是这几天区武装就在这一带活动,要我们放心工作,于是老马就决定,先做三天培养积极分子的工作,然后召开贫雇农外加中农的齐心大会。当晚,老马睡到另一个积极分子家里去,我就睡在来全家,和来全嫂通铺。

住在来全家,我并不十分乐意,这家人好像是风水关系,都不爱开口。来全的爹,整天嘴里咬着一扎长的小烟袋,埋头干活,埋头吃饭,不说话的;来全嫂呢,不知天性是沉默寡言呢,还是头脑有些封建,一天里没听见她有过声音;来全有事喜欢找老马谈,可对我总有一点腼腆。于是我的谈话的对手,就只有来全六岁的儿子小全了。他倒肯说话,也喜欢我,我在他家耽了半天,他就跟我熟了，常常倚在我的腿上，指着庄外的土地说："我娘说，往后这地里打的粮食，全是俺们自己的了！"

"是，全是自己的了。"我捏着他瘦瘦的小手腕，肯定地回答他。

"那，咱们过年也能吃白面饺子啦！"

"现在麦子还没种下，等明年吧，明年过年，就吃白面饺子啦！"

孩子高兴了，在锅上下苞谷糊糊的母亲转过脸来，也含笑地朝我看了一眼，可是仍然没有说话。

第二天下午，我出去串了几家门子，晚上回来睡觉时，来全跟他爹在外屋已睡得呼噜噜的；里屋的炕上，小全也在娘身边发出均匀的呼吸；来全嫂躺着没动，好像是睡着了，又好像没睡着。我不敢惊动他们，也没解绑腿，就拉了被子躺下了。

"女同志，你没睡着吧！"来全嫂轻轻地说话了，并且还朝我身边挨了挨。"你说，我们分地主的地，那红契呢！"

这可能是她考虑了好久的一个问题，我连忙跟她说，原来的地契是反动政府搞的，都不能算数，拿来一把火烧掉，人民政府重新另发土地证。

"对！"她似乎解决了一个重大的疑难，缓缓地吐了一口气不响了，身子也一动不动，好像立时之间睡着了。可是我从感觉上知道她没睡着，也许眼睛睁得大大的，还在想着什么。果然，一会儿她又开口了：

"女同志，你不想家吗？"

"要是大家都蹲在家里，谁出来打反动派？穷人怎么翻身呢！"

"对！"她似乎又解决了一个难题，说了一个"对"字，又不响了。看得出来，这个妇道人绝不是一个榆木脑袋，我对她产生了兴趣，于是我问："大嫂子，你叫什么名字？"

她没回答，在被子里轻轻地笑了，一会，说："咱没念过书，没名字。"

"小名呢！"

"小名难听死了！我在家顶小，我娘就叫我个收黎子。"

收黎子，收黎子，这天晚上，我怀着这极动听的名字睡着了。

第二天我把收黎子的情况向老马说了，他要我多和她谈些妇女解放的道理。可是这一天我一直忙，忙到日近正中的时候，我到底把文工团拉了过来，并在村中一块谷场上拉开了场子。锣敲起来，鼓打起来，弦子一响，歌声飞扬，孩子们跑来了，爷们儿娘们儿走出来了，人们笑起来，拍起巴掌来，村里那种死水样的寂静，被冲得干干净净。地主独眼狼的黑漆大门开了一条缝，又立即严严地关了起来。我们演一阵，宣传一阵，有的人越靠越拢，有的人靠拢又走开，只有那些孩子们，始终是站得最拢，靠得最近。来全分开人群，给我们挑来两桶茶水。见了他，我想起了收黎子，我在人群中找她，但没找到。我瞅了一个空跑回去，见她仍像昨天那样，端端正正地盘腿坐在炕上，任那引人的歌声掌声一阵阵传来，只顾低了头做鞋。

"收黎子，你怎么不去看戏？"我说。

她没回答，只抬头朝我笑笑。我坐到炕沿上，一定要她说出道理，她才含笑说道："那合适吗？"

"有什么不合适？……"我正要给她大讲一通，她笑眯眯地打断我的话说："你说唱歌光荣不光荣？"

"光荣！"我说得十分坚决。

"那你唱一个我听。"

我没想到她还会这么俏皮，一时倒愣了。她却笑眯眯地拉住我膀子又问了：

"昨黑，你说把地主的红契都拿来烧了，要是地主把它藏了呢！"

又是一个意外的问题，我只得说："藏了？那还能找不到？"

"人家把两个大包袱藏到土地庙后背的草垛里去了，你能找到？"收黎子仍是笑嘻嘻地看着我说。

我忽然觉到，这位淑静而又有点封建的收黎子是多么关心土改，她关心红契，关心浮财，更可贵的是，她在言语之间，对反动势力没有丝毫的畏怯。这才是土改中真正的骨干分子。我兴奋起来，一把抓着她的胳膊说：

"收黎子，你敢不敢分地主的地？"她却仍是那样安静，笑了笑说：

"这，我不当家。"

"夫妻识字"的歌声夹杂着笑声送进屋来，我对这位端坐炕上的收黎子不禁又气又爱，只得说："嫂子，现在男的女的都一样了。"我还想多跟她谈些妇女解放的道理，但听见外面在鼓掌知道快换戏了，我是管服装的，只得匆匆地跑了出来。

这天晚上轮到我上半夜放哨，可是刚燃完一支香，老马披了个夹被来换我的班了。我回去睡觉的时候，来全照例和他爹已睡得一呼二哈，收黎子却没有睡，点了一穗灯在捻线。看我回去，她欢喜地招着手叫我在她身边坐下，捏捏我的衣服，问我冷不冷，累不累，又站起身，在灶肚里掏出一只连衣烤熟的玉米，放在我面前，自己就看着我吃。我正饿，吃得很香，她看着笑了，然后说道：

"咱这里要是真的分了地，就不会请你吃这个了。"

"大嫂子！"我对她的称呼老是不能确定下来，有时我觉得她是个一般的老百姓，我只能称她一声嫂子，有时又觉得她是我一个亲密的同志，就直称她收黎子。这时，她又像是我的母亲，我心里有些激动，说道："真的，当然是真的要分地，这是毛主席说的。"

"毛主席说的？那就分定了！"她也兴奋起来，声音可是放得更低了。

"分定了。"

"要是咱这里的人，心不齐呢？"

"慢慢教育，会齐心的，明天我们就要开个穷爷们儿的齐心会。"

她听了，对灯出着神，然后慢慢地说道："那就好。"说完就收拾睡下了。我觉得收黎子要求土地迫切，是个好骨干，只是她总觉得女人低人一头，这一点思想不好，所以就引着说她："收黎子，你知道分土地的时候，要是男的分三亩，女的分几亩？"

"你不是说，现在男的女的都一样了，男的要分三亩，女的也分三亩呗！"

"你知道男女都一样了，那你也该出来说说话，管管事。"

"我出来说话？说什么？那不把人大牙笑掉了？"她躲在被窝里，自己先就觉得好笑了。

又是这一套，"不合适呀！不当家呀，不怕人笑吗……"跟她怎么说呢！我一口气把灯吹熄，索性躺下不想了。一会儿，她倒又在我耳边轻轻地说话了：

"我说，地主把地契藏起来也不要紧，要是咱的政府站住这里，他拿着也是白拿，要是反动派过来了，反正没咱的日子过，他有没有地契总是个财主，你说是不是？"

"是，你说得很是。"我十分赞扬她。的确，她想得非常透彻，可她就是把这些道理收在肚里，不敢开口不敢往外拿。唉！收黎子，收黎子……

睡梦中，我忽然给一个大嗓门吵醒了，"你懂个啥！"这是来全的粗喉咙，我翻身坐起，朝外屋一看，见收黎子低了头在灶上捣蒜，来全拿一根烧火棍，在她身边挥舞着，喊着，天已大亮了。

"你轻一点不行？"收黎子说着，连眼皮也没抬一抬。

"一个娘们儿，也学得咋咋呼呼，分地，分地，这是你们说的话吗？"来全仍对她发着威，不过声音已经轻多了。

"有啥说不得，顶多像我娘那样。"收黎子开口了。

我又悄悄地躺下，怕把他们这场争辩打断，但是来全已看见了，他咽下了要说的话，挑了水桶出去了。

当天，我把这情况告诉了老马，老马沉默了半晌，才慨叹似的说："所以说，土地改革是挖封建势力的老根，老根动了，别的也就得动动。"

贫雇农齐心大会，第二天就在来全家的堂屋里召开了，二十多个给地主、反动派压榨得黄了脸、弯了腰的穷爷们儿，从天傍黑起，就一个一个地溜进来全家里。收黎子出来给灯里添了油，加了两根灯草，就走进里屋，一直没露脸，而且连房门帘子也放下了。

会议一开始，来全简单地说了几句团结起来斗争地主的话。说完了，大家都没开口。他等了一会，看看大家只是抽烟咳嗽，不知怎么就来了火，红了脖子，猛地一拍桌子，粗了喉咙喊道：

"要地的留下，豁出来干，不要地的出去！"他这一拍桌子一喊，不但把来开会的人都吓得怔住了，就连老马和我也都愣了。有个别胆小的，当时就抖抖索索地站起来说："来全……你是知道我的，我……"说着就想走了。随着又有几个人站了起来。眼看一个准备了四天的会议要给他喊垮了。老马连忙站起来，但还没开口，我身边的房门帘子一动，收黎子垂着眼皮，站在房门里，怯怯地说道："老少爷们儿，我说，咱们还是要地。"

她这轻声细语的一句话，竟比刚才来全拍桌子大喊更出人的意外，那些站起的，要走的，都一齐停了下来。收黎子的嘴唇虽然微微有点哆嗦，但是话却说得很稳很清楚。

"咱们祖祖辈辈从没说要分地主的地，结果也没个好日子。像我娘，村庄的爷们儿都知道的，她给地主害死了，还给地主的狗拖。我说，倒不如分，闯个活路。"收黎子说完了，才抬起眼，迅速地向大伙扫了一眼，就立即隐到房里去了。屋子里肃静无声，也没有任何的动作。来全张开嘴巴，似乎也给自己媳妇的这番话镇住了。过了一会，只见他猛地往起一站，腰带一勒，哑了喉咙喊道："老少爷们儿，不分没咱的活路了，今天咱们滴血盟誓，抱成一团来赌个咒，准定分他狗日的地。"

小屋里给他这几句热血沸腾的话一喊，气氛立刻激烈起来，当即有两个青年热气腾腾地站起来说话。正在这时，一个花白胡子的老人，忽然从人丛中走过来，一手拿着一只咯咯叫的雄鸡，一手拿着一把刀，准备给大众滴血起誓。

会一散，我们就连夜组织了看家队，并立刻派出岗哨，监视恶霸地主独眼狼。严庄苏醒了，严庄的人民，再也不贴着墙根走路，而且有了笑语，有了歌声，他们双手举起压了他们几千年的大山，把它摔得粉碎。

在丈量土地，分户插标签的时候，来全抱了儿子小全，在分给他的土地上撒欢打滚，收黎子噙了眼泪，只是一味地笑。我是多么不愿离开这些翻了身的人们，但是我们要走了。

走的那天，南边隐隐地有炮声，收黎子帮着我铺单子，叠棉被，打背包，又默默帮我把背包背上。小全也一直缠住我，一直不离开我。我嘱咐收黎子，以后要大胆出来说话办事，别再躲在家里。她宽慰我似的柔顺地答应了一声，并且拿起事前准备好的一卷高粱煎饼，放在我手里说：

"等明年，咱们的麦子起了身，磨了白面等你。"

我说："收黎子，我，我们一定会来，也许是麦前，也许是麦后，也许天天都来，我们一定会取得胜利。"

人们有了土地，还需要枪，征得上级的同意，老马把那支步枪留给了严庄，然后和来全一家告辞。

部队天天行军，有时五十里，有时七十里，大片大片的土地从我们脚下伸展开去。地里的庄稼苍黄了，成熟了，然后，我们走的路边，就是光秃秃、黑油油的土地。那大片大片的土地，又落下麦种。麦种具有穿山之力，它不畏严寒，不畏风霜，在土里渐渐地发芽了，出苗了，然后绿茵茵地满铺在黑土上。四八年的春上，麦子才一扎高，收黎子还没能磨好白面等我的时候，我又二次来到了严庄。

我们部队为了消灭一股敌人，放出一个口子，让他们进到袋里来，最后，就在严庄的东面歼灭了他们。战斗结束以后，照例有一两天的休整，于是我想起了严庄，向领导请了半天假。

我赶到严庄的时候，天大黑了。我人还没进庄，迎面就扑来一股强烈的布焦臭，我的心不禁怦怦地跳了起来，我们在东面消灭的这股敌人，可能正是走严庄过去的。

严庄怎样了？收黎子怎样了？老马那支枪是埋起来了，还是继续背在严庄人的身上？我一弯腰，朝庄里小跑起来。

"你给我站住！"猛不防黑地里跳出一个人来，向我大喝一声。我一听这口音口气，顿时欢喜起来，严庄的人在放哨。他们翻了身，绝不会让历史倒转，过去的日子重来。我激动地跑上前叫道："老大爷，是我，是我呀！"

"你倒是站住不站住！"接着枪栓一响，子弹上了膛。我多么想扑上去抱一抱这位老大爷，但我只得站住了脚。那位端着枪的老大爷走过来了，星光下看得清楚，这是来全的爹，是那个整日不吭声，嘴里老咬着小烟袋的来全爹。在土改中，他没说过一句话，可是有会他必在一边旁听，不管是领导人员的碰头会，还是骨干分子的讨论会，是请他了还是没请他，他一律出席旁听，可我从来也没想到去注意他，去问问他，他有什么意见有什么想法。现在，他在放哨，端着枪神色庄严。严庄的哨兵，来全的爹，我激动地叫了他一声。他呆了一呆，凑近看了一会儿。他认出来了，他抢上一步。把枪夹在胳肢下面，用他那双粗糙的大手，一把捏了我两只手，摇了半天，才哽咽着说："可盼回来了……"

"大爷，你们受苦了！"

"苦倒没啥。"他用一只手抹去了一颗滚下来的热泪，一只手仍紧紧地抓着我。

"来全他们呢！"我看见他在放哨，有些担心。

"来全带着庄里的青年去支前去了。"

"哦!"知道他们平安,我放了心。

"来全嫂呢!"我问。

"小全娘……她在。"他不知为什么打了一个顿。

我急切地想去看看收黎子,便匆匆告别了这位守责的哨兵。我一转身,看见旁边大槐树上,还绑着一个人,这是给我们枪毙了的恶霸地主独眼狼的婆娘,她面对庄里,垂着头。星光下,我看见庄里许多草房没有了,只剩下一些残缺焦黑的泥墙,墙里墙外,碗渣破棉絮铺满地,但是那些烧剩的焦木断梁,已整齐地堆在一起,空场上也排满了一堆堆砌屋用的泥砖,在朦胧的星光下,严庄显得安静而又严峻。

我在来全原来的屋基角落上,一个临时搭起来的茅草地庵子里看到了收黎子。她稍稍黑瘦了一些,眼睛显得大了,正席地坐在一层薄薄的麦秸上,静静地低着头,在油灯下专心一意地修理一只筛面用的筛子。她将那极细的马尾,在筛子的破洞上慢慢地织出经纬,织得是那么细,那么密。仿佛,她仍坐在家里的暖炕上,这里也没有敌人来过,这低矮的草庵,这麦秸的地铺,外面那倒塌的泥墙,也并不存在。啊!收黎子,你是看不见,还是全不在乎?却是静静地低着头,在准备麦收用的工具。

她一抬头看见我,并没觉得奇怪,朝我笑了笑。但是接着她一反素来的安静沉着,站起身团团转地忙了起来。她开开锅盖拿水瓢,抱一把草,又打开一个什么包包。她手忙脚乱地忙了半天,给我端来了一碗热水。经过这一阵忙,她平静下来了,又恢复了她原来那种从容不迫的气度,拉着我的手,坐在我身边。我问她敌人来的时候,她怎么过的。

"蹲野地呗!"她说得很简单。

"来全呢?"

"他?他带了看家队,掮了那支枪到处转悠,到东放一枪,到西放一枪。"她说到这里笑,大概是想起了这些零星枪声的效果吧!我看看屋里只有她一个人,便问道:"小全呢!"

收黎子把眼光避开了停了一会说道:"你知道,分了地以后,小全是多高兴,种上了麦以后,他就老去地里望,计算着今年过年吃白面饺子。咱们营的那块地就靠着庄,你是知道的。敌人来了以后,我们都蹲在野地里,又冷又饿,可孩子还惦念那块麦地,说:'娘,反动派会不会把咱下的麦种掘了?'我说,他们掘不光的。他又问:'地主要把咱的地拿回去了呢?'我说:'地是抬不走的。'可是这孩子还是不放心,求我说:'娘,我人小,让我悄悄回去看一下吧!'你说我能让他去?反动派在庄里站了两天,独眼狼的婆娘就威风得不得了,把中央军的官儿请到家里供起来,要报仇祭夫,又是倒算,要杀人要放火,我能让小全回村吗?谁料到半夜里,我打了一个盹,这孩子就跑回去了……"收黎子停住了话,把油盏里的灯草拨了拨,压抑了一下感情。我想起绑在树上那个婆娘,身上还穿着黑绸小袄,禁不住连牙根都痒了。恰好这时挡风的草帘子掀开,钻进来一个老头,问道:"来全家的,那婆娘讨口水喝,给不给?"

"不给。"我觉得这老头问得多余。

"给吧!老爹,让她活着看看咱们的天下。"收黎子平静地跟那老头说着,完全像个指挥员。那老头"噯"一声,信信服服地走了。收黎子回过头来,又接着跟我谈下去。我仔细地看着她,收黎子好像也没什么两样,她仍然是收黎子。她瞅着灯光,慢慢地说着,说得很仔细很清楚,使我如同跟她一起经历了那一刻钟。

收黎子发现小全不见了，她知道孩子上哪里去了，她也知道孩子是不会回来了，她不哭也不作声，只是呆呆地坐着，来全带了看家队不在跟前，大家怕她憋坏了，劝她放声哭一下。她摇摇头，还是不哭也不作声，一直等到日头傍山，她才开口对大伙说：

"我悄悄去看一眼，看一眼就死心了。"说着她就走了，谁也拦不住。她一走，庄里人怕她有闪失，就赶紧派人去找来全。

夕阳西下，蒋军最忌怕的夜，即将开始了。收黎子连爬带走，来到严庄西头的土岗。她看见焦黑的严庄在冒烟，火舌舐过的门洞，像一张张乌黑的大嘴。几个中央军缩着头抱了枪，踢着地上的枕头、筷子，踩着碎碗渣和晒的辣椒在放风，跟着他们的脚跟，扬起灰烬，然后又在树上打起呼哨……

"小全在哪里？……"严庄沉默着。

收黎子忽然明白，仅仅把反动派从严庄赶跑是不行的，赶到哪里，哪里就会出现严庄，是敌人，就得干脆彻底地消灭，而不是赶跑。收黎子暂时忘了小全，忘了那种单纯属于母亲的痛楚，她趴在土岗上，什么都看在眼里，什么都记在心里。就在这时候，她忽然看见来全从侧旁爬来，铁青了脸，大口地喘着粗气。来全没说话，只是带她绕过庄子。把她带到东头独眼狼屋后的松林里。收黎子刚在松树后面伏下，只听见屋前的场地上传来一个孩子的喊声，"不！不！咱不跪！"这是小全，小全在喊着什么？……收黎子心都发颤了，一把就夺去了丈夫手上的枪……

二十年以前的事情，今天还能允许重演？母亲曾经挨过的命运，能让它再落到孩子的身上？收黎子九岁的时候父亲出去闯活路去了，母亲为了交不起独眼狼家的租子，就在这块场地上，地主要她下跪两片瓦，上举两块砖，朝北跪一宿。寒冬腊月，收黎子就趴在这块场地上，趴在娘身边，哀哀地哭了一宿。第二天，娘脸上盖了一层霜，站不起了，就在这块场地上咽的气。整个夜里，娘对收黎子说的话只有一句："要记牢。"

砰的一声，老马留下的那支枪响了，敌人不知哪里来的枪响，顿时惊慌失措。

收黎子颤颤地拿着枪，挺立在松林前面，虽然没打到敌人，她也觉得快意。来全一把把她推进松林，拿过枪对准场上骚乱的敌人又打了一枪，然后和收黎子回身飞奔。收黎子挣脱手，回过身来，她要最后看看小全。她看见儿子安静地躺着，面对长空，躺在敌人的血泊中。周围的敌人在叫喊，枪在响，风在上空厉声尖呼，儿子是在战斗中停止了呼吸。收黎子回转身，狂奔起来，她不是逃，而只是在高速度地飞跑，向一个目标，一个她认定了的目标飞跑。严庄不再沉默了。

收黎子把灯火拨得更亮，又把手指上沾到的油，仔细地抹到自己乌黑的头发上，然后说道：

"我从来也没想到，枪，竟是那么好，那么重要。"

"独眼狼的婆娘逮住了，你们准备怎么处理？"

收黎子抬起眼看看我，然后一句一句一字一字地说道："怎么处理？咱有政策，咱也不打她，不骂她，只要她站在那里，看着我们把新屋盖起，看着我们喝甜的吃香的，到那个时候，就把她送区里去公审。"

难道收黎子还需要什么慰藉吗？从她那里，我只感到一种强烈的自信和力量。这自信和力量，将迅速地使这里出现成片的新屋，更多的粮食，将推动胜利加速来到。我着急起来，我要赶紧回队伍去，去完成我所能做的一切工作。但这时候，刚才那个老头又来了：

"来全家，烧剩下的木料都归拢了。看样子，家家都缺大梁料。"

收黎子沉吟着没作声，老头子见她没回答，也不催促，掏出烟袋，蹲在一边抽烟，耐心地等候收黎子考虑。

"老爹，我说自家有树的，就放在自家的树，自家没树的，就到独眼狼屋后松林里去砍，你说行不行？"

"行！"老头子像刚才一样，信服地应了一声，抬腿就走。收黎子考虑了一下，又说：

"我跟你一起走，再和大伙商量商量看。"

"商量啥？就是这个法！"老头子不以为然地说。

收黎子站起身来，她好像完全忘了还有一个我坐在那里，直走到门边，才想起了我，回头对我说道："回头咱再叙叙话，你可不许走啊！"说完就飞快地跑出草庵，消失在黑地里了。

草庵个子很矮，我靠坐在地铺上，从挡门的草帘缝里，望着外面黑沉沉的夜空，我想象不出收黎子怎样和大伙儿商量，怎样在分配那些木料。我一闭眼，过去的收黎子还是端坐炕上，含笑地说："那合适吗？……"不过，这形象很快地退远去，退远去，迅速近来的是一个脸孔黑黝、动作敏捷的妇女，她站在松林里，大树倒在她的脚下，对绑在树上的婆娘庄严地说道：

"看着！看我们盖新屋，看我们吃香喝甜，看我们人民坐江山！"

……灯光在摇曳，时间仿佛发出一种金翼抖动的声音，从我耳边流过，我蒙眬地睡去了。

我给一阵烟呛醒了，睁眼一看，我身上已盖着被子，草棚里满是烟雾蒸气，收黎子坐在门边的红灶后烧火，隔着淡淡的白烟，脸上映着闪耀的火光，她越发显得沉静柔和，并不像我想象中那么英武。

"才二更多天，再睡一会吧！"她看我掀开被子，便说道。

"不早了，你办完事啦？"

收黎子叹了一口气，说："来全他们那些看家队走了。我们要看家，要建设，这担子可重啊！"

看家队出了门，他们支援解放战争去了，严庄的人，担起了看守这份大"家"的任务，严庄的主人们，他们的力量正在越出它的范围，推动历史向前。

"担子虽重，你们可干得不含糊。"

"还不含糊呢？"收黎子转过脸，扫视了一下周围说道，"要能在割麦前，把屋子通通盖好，这就好了。"收黎子没有笑，但话里却充满了喜悦。

好了，我要看的，已看到了，我所惦念的，也都可以放心。寒气也重了，该已是后半夜了，我站起身，重新紧了紧绑腿，决定要走了。

"慢点走。"收黎子站起身，揭开锅盖，顿时热气冲上棚顶。

锅里是半锅开水，锅边上贴着六个红面饼。她把开水灌满我的水壶，把饼用布包起，一起递在我手里说："做了几个饼，给你路上做干粮。"

"收黎子，这是干什么？"那边瓦盆里明明放着野菜糊糊，她却叫我吃高粱面，我有些生气了。

"咱等麦子收起就好了……"收黎子垂下了眼皮说，"我想叫你先吃一点……"

"等咱的麦子收起，我再来吃吧！"我把饼放回她的手上，背上那只热腾腾的水壶，转身走了。我知道我这样做，她会难过的，但我没有另外的办法。我走了几步，收黎子没有送我，手里托着那包饼，呆呆地站着，这使我心里不安起来，又回头说道：

"我送来。"她好像决定了一个问题似的，说了这一句，可是身子仍是没动。我只得走了，走出好远，再回头看看，见她已靠在草棚门边，手里仍托着那包热气腾腾的饼。她身后那一点微弱的灯光，把她衬得十分高大。这时，庄里已发出"嗒""嗒"砍树的声音，严庄的人在制大梁了。

我走了，远离了严庄，可是我觉得胜利伴同着收黎子总跟着我，每一个战士后面都有她，手里托着那包热腾腾的饼，微黑的脸上，沉静而坚决。不管我们行军到达宿营地，还是从前线换下来休息，是在深夜还是清晨，只要我们轻轻一叩老乡的门，她就会立即跑来拔栓开门。我们累了饿了，立即会有热热的洗脚水，滚烫的地瓜汤或是小米粥，我们出发了，每人的肩上，都背有一条长长的干粮袋，袋里是炒麦粉，也许是馍馍干，这是她给我们备的干粮。当我仍走在路上，觉得燥热口干的时候，她已抬来了一桶一桶的凉茶。有时，她悄悄地在我们口袋里塞两只滚热的鸡蛋，或是一把红枣。我们的脚上，穿着她缝的袜子，她做的鞋。她叮嘱我们的话，往往只有一句："要彻底地消灭反动派'遭殃军'，保住咱的好光景。"

是了，大爷们，大娘们，小全的爷，小全的母亲，我们的力量汇集在一起，就能战胜一切敌人，因为，我们的名字叫"人民"。

雪，悄无声息地飘落着，附近一棵蛀空了的老树，给雪压得发出轧轧的声音，然后扑通一声，折断了倒在地上。远近的村庄，不时闪出一星两星的灯光，这家那家的屋顶烟囱里时不时有火星冒出，淮海前线的市民在欢度一九四八年最后的几个小时。

我能想象，严庄和这里一样，大地上覆盖着白雪，人们住在新屋里，在过年。收黎子呢，她……也许正盘坐在暖炕上……雪越下越大了，路上那一行脚印，已蒙上了一层新雪。我极力地想象着收黎子现在的形象。前面响着鞭子，来了一个大车队，赶车的都是女的，车子没到跟前，就听见她们尖声吆喝牲口的声音。为首的一个，个子不高，头发和嘴巴都裹在一块大肩布里，只露出一对秀长的眼睛，她拉着马笼头，大步大步地走来。

我想：沿这条路向前，就是前沿阵地，她们这是要把车子朝哪里赶啊？

"同志，你们车上装的什么？"我拦住了她们，为首的那个喝住牲口，上上下下地打量我一番，然后说道：

"粮食！"

"你们知道前面是什么地方，你们要把粮食往哪里运？"

"不知道，咱们是跟咱队长走！"后面那些女民工，也上来说开了。

"哪一位是队长？"我看定了为首那个秀长眼睛的，可是她朝我笑了笑，说：

"不是我。喏！"她向雪地上的脚印点了点头说，"我们队长牵头联络去了，我们跟她的脚印走，不会错的。"这位灵透的大姐回答得既有条理，而且十分沉稳。不知什么道理，她这神态引起了我一种想象，这想象顿时使我跟她亲热起来，便说道："看，这样走多冒险，要是你们队长摸到敌人那里去了呢？"

女民工先是愣了，接着，那个秀长眼睛的噗的一声笑了，回头对同伴们说道："咱们的队长会摸到敌人那里去？"

"哈哈哈……"于是所有的女民工都一齐大笑起来。她们在笑我，笑得毫不留情。

"打碾庄，打济南，咱队长都到过前线，她会摸到敌人那里去！"女民工自豪地说道。看样子她们有一位极能干、威信极高的队长。

"同志，不管怎么说，你们大车不能再往前走。"我还是耐心地说。

"不行，没队长的命令，咱不能停。"那个秀长眼睛的说着，便一扬鞭子要走。正这时，突然空中亮起了一串耀眼的照明弹，一霎时，树影摇摇，雪花像一只只白蝴蝶，在强烈的亮光中飞舞，四周一片银白。十来个雄赳赳的女民工，更加鲜明地站在我面前。

她们有的梳髻，有的背后拖着大辫子，大棉袄外面，一式束着皮带，腰上扣着小水瓢。照明弹并没引起她们的注意，一个个回到自己的大车边，准备出发。我仔细地，一个一个地看着，寻找着，我总觉得在她们中间，会有那张熟悉的脸。这当然是痴想，她们拉着牲口的笼头，赶着车，一个个从我面前走过，沿着她们队长的脚印走去。

"喂！同志，你们队长叫什么名字？"我忽然觉得非问问这位队长的名字不可。

"严正英！"远远传来女民工的回答。

"严正英？"我说不出我是高兴还是失望，"为什么不是收黎子呢……"

回到驻地，看见我的背包上，搁着一只木碗，碗里是新炒的黄豆。这一定是房东家的大龙干的，早上就听见他缠着娘要炒豆吃，而且已经给我说好，一定要请我的客。我把豆放在枕边，吹灯睡下。

半夜里，我给一阵切切的笑声惊醒，睁眼一看，原来路上那一队女民工来了。她们一边烤火，一边压低声音说话，这显然是怕吵醒我。我也就领了她们的情，假装没有被吵醒的样子。

"粮食送前线，送前线，枪声都听不见，就算送到前线啦！"这是那个秀长眼睛的声音，话语当中，好像要把粮食送到阵地上去，才算送到了前线。

"叫我们送后勤部呀。后勤部，后勤部，总要靠后一些的呀！"

"谁说靠后一些？你没听队长说，兵马未动，粮草先行。咱处处要比解放军先走一步呢。"

渐渐地，她们已不大照顾我这个睡觉的人了。

"你们猜，二蔓为啥光想前线、前线地往前冲？"坐在卧铺边的一个妇女提出新问题了，这一问不论是主张送前线的，还是主张送后勤的，都一起挤了问，"为了啥？"

"找人。"

"哈哈……"笑声几乎把屋顶都掀上天去。

"哈哈……你们怎么又退回来了？"我刚想去凑个热闹，突然，屋门打开了，雪花和寒气扑进屋来。跟着，进来一位妇女，这是幻象，还是真实？是她，是收黎子。她穿着一件男人的棉袍，前襟撩起，扎在腰间，头上包着手巾，两颊冻得绯红，站在当门说：

"大嫂子，大妹子，牲口喂饱了，人也暖和了，我们走吧！"

"收黎子！"我从床上直坐了起来。

"啊！"她走到我床前，看清是我，呆住了，然后两手紧紧地箍住了我。严庄的话不知从哪里说起才好。

"好，好，都好。今年麦子收得很好，秋粮也不错。春上来全也参加了队伍。"

"原来你认识咱们队长啊！"这时，那些快乐的女民工又奇怪又高兴地围着我们，压在我们的肩上。

"你看，她会摸到敌人那里去吗？"秀长眼睛自豪地瞥了自己队长一眼，仍没忘记我在路上说的那句话。

"是，她不会。"我看着收黎子，心里想起那个盘腿坐在炕上的妇女。

"你，你怎么改了名字?"

"入党的时候，支部给我起的。"收黎子还是那样，沉静而有些羞涩地说。

是她到过济南碾庄的前线？到过那炮火纷飞的前线？我想起她席地坐在废墟上，静静地用马尾修补面筛的事来。是她，是这位收黎子。其实，这一点也不难想象。

"房子呢！都盖好了?"这些话都不是我想说的，可是说出来了。

"盖好了，早盖好了。独眼狼的婆娘也公审枪毙……"收黎子话还没说完，原先坐在我铺边的妇女俏皮地接过去说："瞧，咱队长倒看到了熟人，咱那个大妹子，怎么偏偏找不到她那个人的呢！"

"哈哈……"这一阵大笑，惊得院里的马长声嘶叫起来。收黎子站起身说道："天不早了，等我把粮车送到地方，完成了任务，回头再来看你。"说着就带着妇女们，一阵风似的走出门去。一会儿，门外响起清脆的鞭声，马喷着鼻子，车声辘辘地走了。

我真傻，难道这还用去看吗？既然严庄很好，人也很好，那么，自然是新房子盖起来了，地里长着庄稼，庄稼在成长，人在成长，这一切都明明白白，难道还需要再走一次严庄？

东边天上已微微露白，敌人的运输飞机又嗡嗡地响着，想来冒雪空投；在白雪的掩盖下，它们找不到方位，只能在上空呜呜哀鸣。我披衣起床，看见门外雪地上，到处是极深的车辙和脚印，迤逶向南而去。

一九六〇年十二月十六日零点整

同志之间

茹志鹃

【关于作品】

　　炊事班的老张、小周与老朱之间有着微妙的战友关系，老张与小周建立了类似于父子的情感：老张烟瘾大，每次断档，小周总是想方设法给他弄到；老张则有舐犊之情，总想让小周吃点好的。这些事情让老朱有些看不惯。

　　一次，老张就在伙房里做了粉丝汤给小周吃，老朱误会是吃公家的东西，予以指责，老张则拿出用自己的钱购买粉丝的发票。老朱哑然，小周大怒，直接与他发生了冲突。小周征得事务长同意，打算骑上炊事班的青骡子去司令部送信。这头青骡子归老朱饲养，因为骡子"打了背"，老朱拒绝了小周的请求。一次南镇逢大集，小周的脚生了冻疮，老张竟然赤脚蹚过刺骨的河流，给小周买吃的；老朱发现了，便指责老张对小周过分溺爱。行军的时候老张不让小周背重物，自己背在身上，而老朱则认为小周应该履行普通战士的责任……

　　一个给予小周孩子般的呵护，一个要把他作为革命队伍的普通一员严格要求，说到家都是为了让小周健康成长，只是方式不同而已。但是，严厉的老朱与老张、小周之间不断地发生误会与冲突，矛盾越来越深。

一天夜里急行军，为了不让"打了背"的骡子负重，老朱自己挑起了沉重的行李，结果掉队了。老朱曾是一位铁血的战斗英雄，对牲口都能如此呵护，小周由衷生出敬佩。掉队了，就可能牺牲，小周冒险回头寻找。虽然没有找到，但他给老朱写下指示方向的留言。黎明的时候，老朱终于按照小周留下信息的指引，赶上了队伍。

这个作品是写战友之前深厚友情的，但这友情一点也不抽象。表现的是一个一个带有缺点的人之间的感情，人物带着小心眼、小性子，伴随着冲突与偏见，但最终我们发现，那情感又是无比真实而深厚。

文工团要一分为两，各随部队出发，于是我们炊事房也就要暂时分分家。跟部队向南的一部分，任务比较吃重，部队要从敌人当中插进去，直捣到他们的屁股后面，所以去的人身体都要棒一些。事务长年龄比较大，就分到另一路，我这个才提拔的上士，暂时就任南面这一路的事务长。原来是四个炊事员，这一分，我这边就分到了老朱和老张两个。

行军战斗的时候，炊事工作可不简单。别人吃好饭，洗好碗，朝皮带上一扣，出发号一响，就开步走了。我们炊事房却还要刷锅、收拾粮草，弄半天才能上路。上了路还要比队伍走得快，赶到前面打前站。到了地方，同志们洗脚吸烟休息了我们还得秤柴草、要公粮、买菜做饭。总之，这是个十分吃重的革命工作，更何况这次出发，要去跟敌人走插花、变队形呢！

分到了老朱、老张两个人，我倒挺高兴，心也定了一些。老朱和老张工作都很好，年纪虽然都不轻了，性格脾气也不一样，可是他俩在一处就像豆腐跟萝卜配在一起，特别合适。

老张比老朱稍大，有四十一了，人长得胖乎乎的，身材又高大，有一点像庙门里站着的那四位仁兄，可是脾气却出奇地温和。温和的人，大都是慢性子，他也这样，一句话总要分成三截说。别人给他吃一个馒头，他对你笑笑；给他吃个拳头，他也会朝你笑笑（当然敌人除外）。老朱呢，却长得瘦瘦精精的，工作埋头苦干，十分顶真。他原来是个战士，作战很勇敢，受过几次伤。就是脾气倔，说话好冲人，嗓门又来得高。只要碰见他认为不对的，不管对方是谁，他要说什么，就非倒完不可，多一句没有，少一句也不肯。老张呢，可并不这样，你要说，你就说吧，他却只是对你笑笑。所以他们两个在一起，老张就会感到热闹，而老朱却觉得寂寞，两人怎么也发生不了摩擦。现在他俩分给了我，我心里挺乐，这等于我手下既有文臣，又有武将，要什么拿得出什么，我这个当家的，不就好做得多了。

可是，临出发前，领导上说炊事房工作忙、人太少，又临时派了一个同志来帮忙，这是一件好事，可我一瞧来的这个人，不禁倒抽了一口冷气。

你道来的是谁，原来是团部通讯员小周，外号"机动员"。他跳跳蹦蹦地跑了来，嘴里唱着自己改编了的歌："月光下，有人找你谈话——原来是你的妈妈……"兴兴头头地跑来向我报到。这小家伙一件单军装盖住大腿，两条浓眉，一双乌溜溜的眼睛挺有神，笔挺地站在我面前，样子挺机灵。我知道他人虽小，完成任务却十分坚决，是个好小鬼、好同志。但是，他们三个人凑到一起……我，我后不上这关系有多么复杂、多么难以处理了。

要把这关系闹清楚，话得从小周说起。小周只有十六岁，是全团最小的一个。他虽说在团部当通讯员，可是全团各部门的工作，都会有他的份。舞台工作组忙了，他就去涮影片、敲钉子，服装组人手不够了，他就出去借服装；群众演员少了，他更是兴高采烈地把嘴巴子涂得鲜红，上台当演员；所以大家叫他"机动员"。全团的同志都喜欢他，他和同志的关系也都很好，但他对炊事房老张的感情，却又和一般同志不同，关系特别亲密。老张爱吸烟，有时宿营地比较偏僻，就会经常断档。这当口，小周就会挖空心思去想办法，发动驻地的孩子去找旱烟，死皮涎脸地到吸烟的同志身上去抄靶子；出去送信的时候，则从首长那些洋铁皮烟盒里打算盘。弄到了一两支烟，他就飞似的跑到老张那里，把两支揉得皱巴巴的纸烟，悄悄递给他。老张对小周，更是无微不至：从把着手教他打绑腿开始，一直到政治思想，都顾得周周到到。每个月发了津贴费，要是不花几文在小周身上，他就会一个月都过得不痛快，所以小周把老张简直当作父亲看待，有时候还要撒个娇。这些都是好事，在革命队伍里，也原是平常的事情，可是问题复杂就复杂在不是他们两个人，如果光是老张和小周两个，当然没问题，如果光是老朱和小周两个，问题也还不会这么复杂。头痛的是他们三个凑到了一起。

这种复杂的关系，还是上次过年前，部队在杨庄休整时候产生的。有一次，老张跟我上城里去采买一次，拉了高高一驮子的菜回来，青菜、萝卜、笋干、粉丝、牛肉，什么都有。老张一回来，就悄悄地叫小周晚上到伙房去一次。

晚上，小周一路唱着"月光下"这支歌子，高高兴兴地到伙房来了，他知道老张叫他去，一定有好东西等着他。果然，他一去，老张笑眯眯地从锅里端出一碗热腾腾的粉丝汤来，面上还浮着猪油、葱花，香喷喷的，馋人得很。小周最爱吃粉丝，一看这情形，知道是老张为自己做的，也就不客气，坐到小矮桌边，埋倒头就呼噜呼噜地吃喝起来。老张咬着旱烟袋，坐在一边草铺上，乐滋滋地望着小周。

一个吃，一个看，两人心里都有说不出的愉快。正在这时候，老朱忽从外面闯了进来，他和小周本来没什么特别好，也没什么特别不好的。这时候一见小周在伙房吃东西，特别又是晚上，心里就有些不乐意，脸也就拉长了。他掀锅看看，又到灶门望望，也看不出什么名堂来。但他还是憋不住问了；

"老张，今天公家买回来的粉丝呢？"要是换我听见这话，成马上就会联系到小周碗里的粉丝，就会赶紧来个声明。可是老张不，他慢慢地从嘴里拿出旱烟嘴，指了指房角说："喏！不是搁在那里！"老朱朝屋角里望望，那里果然堆了一大堆干粉丝，也看不出什么问题。是他盯着小周的碗，又说了：

"老张，你可不能把公家的东西送人情啊！"

这话说得再露骨没有了，谁听了都会跳起来，可是老张仍是不紧不慢地敲着烟锅，说："嗯！那当然啦！"

他们这么说着，小周在一边早停筷不吃，脸涨得绯红。这小鬼平时乐呵呵的，可是小性儿发起来，头颈硬硬的，也是个不饶人的家伙。眼看一场小小的风暴已快酝酿成熟了。

如果这时老朱有一点点历史的眼光，从老张一贯的忠实厚道来看问题，这也就根本没事了。

可老朱又偏偏是个不会转弯想一想的人。他认为老张回答得还是含糊，就直截了当地问了："老张，小周吃的这粉丝哪里来的？"

"这……"老张不但没动气，反而朝老朱龇牙一笑，在自己小口袋里拘了一阵，掏出一个小纸球，铺开，抹平，递给老朱说道："你看，这不是发票，是我自己另买的二两……"他话还没说完，旁边小周可就开了口了：

"老朱，你怎么净用旧社会眼光看人，还这么不相信同志。"声音颤颤的，看得出他正压着好大一股气。老朱一听他说自己是旧社会眼光，也就来了气，加大了嗓门说道，"同志，人家都像你这样，伙房变成菜馆子了，公家的油盐柴火还不够用呢！"

"不吃好了！"小周说着，一压筷子，站起来了。"你头上带了两块疤，算了不起了。"小周说罢就气冲冲地走了。

老张在一边一直插不下嘴去，只是皱起了脸，连连喷着嘴说，"你看看，你看看，这有多不好。"老张大凡碰到什么紧要关头上，他就会说"你看看，你看看"，好像他一说"你看看"，对方马上就会醒悟明白过来似的。

小周走了，老朱看老张还在说"你看看"，这一股气就冲着老张来了，"你看看，你看看，看什么？这就是你培养的好同志。"

"你看看，你看看，你也不调查研究，就开发言了。你看，这不是我现买的一两油。公家的东西，就能随便用了吗？"老张拿着一只盛油的洋瓷碗，心里直叹着气。他万万想不到自己高高兴兴买的粉丝，会有这样的结果，而且最糟糕的是引起了同志之间的不团结。他觉得事情是由他引起的，他有主要责任，便叹了一口气，懊丧地说道："是啊！得怪我不好。"

老朱心里虽然余火未熄，可一看他这样，也就没了词儿，躺下睡觉了。

事情本来也就这样完了，可是第二天晚上，兄弟团要来演出，中午的时候，小周偏偏又接到任务，要到军区送信；军区离我们驻地有三十多里，走一个来回，就赶不上看戏了。于是小周愁眉苦脸，老张也不由得跟着惋惜，最后老张到底跟事务长商量，把伙房的大青骡借给小周。小周喜得蹦呀跳的，跑到后院去拉骡子。

"不行，骡子打背（骡背被马鞍子擦破发烂了）了。"老朱正在后院拌料，头也不抬地说。

"事务长同意了。"小周没有停步。

"同意了也不行。"老朱直起腰来说。骡子是真打了背不能骑了，可是老朱说话就是这个硬腔，外加对小周有些意见，话就将别来得生硬，"我说你穿了军装就得像一个兵嘛，怎么走几里路还怕苦啊！"

小周气得脸通红，也不要骡子了，转身就走。以后就咬定老朱对自己抱了成见，再也解不开这个疙瘩。

小周和老朱一闹意见，可就把老张给挤扁了。

有一次南镇逢大集，又正是星期天，各班自己包饺子。老张得了空，就带了小周去赶集，想弥补一下上次吃粉丝的那点遗憾。

这天天气不大好，天阴沉沉的要作雪，风很冷。小周脸吹得通红，一路上就打算到集上怎么吃，连脚上的冻疮也不疼了。走了七八里路，谁知离镇不远的一条河泛水了，把路都淹了。虽说是春水，可还是挺冷，水面还浮着冰碴。两人站在水边，顿时没了主张。老张看看小周，他正呆呆地望着镇上，满脸的失望。要再绕路走，时间也来不及。老张想了一会，就松了绑腿，卷起裤脚，对小周说道："你不许动，坐在这里等。脚冷了就起来走走，我一会儿就来。"说完就蹚水走了。

结果，当然小周吃到了许多东西，老张自然也高兴万分，两个人兴兴头地回来了。

老张回到伙房，老朱正在灶下烧水。老张就坐下来，把两条冻麻木了的腿，贴在灶壁上取暖，又拿出烟袋吸烟，心里正十分自在，老朱便问他这半天上哪里去了。他讷讷了半晌，含含糊糊地说："上集了。"说着就站起身，想走开了。

老朱一看他这样，就偏盯着他要问个明白。老张没法，只得老老实实地说了，最后说了一句："孩子嘛！……他们不吃谁吃。"

"孩子嘛！"老朱学了他一句，说，"我就看不惯你这种做法。人要成真金，就要放到火里去炼。"老朱把一块树疙瘩狠狠地往火里一撩，"你呢！偏要给他搭凉棚，造暖房。"老朱越说气越大，嗓门也提高了，可是说了半天，老张只是吱吱地吸着旱烟，一声不响。这就使老朱更加来了气，便冲着老张说道：

"和尚道士念经，我唱唱，你也得念念。我说了半天，你总要表示一个态度呀！"

老张一听要他表示态度，心里更为了难，一口一口地喷着浓烟，想了半天，才慢吞吞地说道："孩子嘛！……"他一说出口，便马上想起刚才老朱就是嫌的这一句，所以又赶紧煞住，顿了一会儿，说道："你这话也有道理……不过，孩子嘛！……"老张对自己说的话也很不满意，不过他又实在想不出别的话来，自己也觉得很苦恼。老朱一看他这副样子，也就没了劲。

瞧！他们三个人就是这样一个关系。不在一起还会有事，在一起了，不是要我的命吗？不过领导上级派了小周来，我也不能把他退回去。只好叫大家收拾东西，准备出发，可心里却总是担心。

果然，伙房发完了干粮袋，部队要集合出发了，问题来了。

原来小周打好背包，就把伙房的一杆一百斤的秤，及装剩下的一袋粮食，都归到一起，放在自己背包上，准备行军时自己背的。可是他转身出去了一下，这些东西已到了老张肩上了。老朱一看自己背了不少东西，老张背上又堆了那么多，小周铺上却只有光光的一个小背包，便觉不快。见小周进来，便对老张说道："你把东西给小周一点吧，他来伙房也是工作的。"

小周冷不丁地听他这一冲，弄得一时摸不到头，等明白过来时，心里也来了火，也不给他解释，脖子一硬，脸上的气色就不是那么自然了。

两个人虽没吵起来，但我心里很不痛快，这样下去会影响工作，而且以后环境会越欢越恶劣，同志之间的团结，更是重要。绝对不允许他们这样下去，一定得想个办法，要消除隔阂。我决定，到了宿营地，必须跟他俩分头谈谈。

这一夜行军到达宿营地时，天已大亮了，伙房忙着做饭，又要抓紧时间休息。而且部队越走越深入敌后，还乡团的活动也厉害起来了，经常放冷枪。搞柴搞粮也有些麻烦。许多事情一来，我也就顾不上这个事儿了。他们两个虽没发生什么纠纷，可是仍不大说话，伙房里的气氛总是有些沉闷。

连续走了四五天，这晚上，走到半夜，队伍前面传下了"静""不许掉队"的口令，队伍接近了一条公路。这公路两头，四五里路的地方就是敌人，所以每个人都得紧紧跟上，一步都不许落下。

可是在过公路以前，队伍蹚了一条河，在过河以后，我发现老朱不见了。部队过河，正以强行军的速度在前进。团部说，不能留人联络。我这时，真恨透了我牵着的这条大青骡。老朱掉队，都是为了它。

这只大青骡是老朱的宝贝，每次行军他就牵着它，到了宿营地，他第一件事，就是给骡子搞草吃。昨天，老朱认为这条宝贝骡子打背了，就非要把骡上驮的油粮拿下来自己挑。当时大家都知道晚上要过公路，行军速度快，都不赞成他这么干，小周照例对他的事，没发表意见，结果我跟他说了半天，他才算答应把自己的背包放在骡子上。

他一掉队，尤其在这样一个紧要关头上掉了队，大家都有些担心，不过能够安慰大家的是，老朱知道今天行军的路线和宿营地点，顶多他迟到一些，别的也没有什么。

天还没亮，部队就到了宿营地了。谁知刚进房子休息，又来了紧急通知，部队要立即出发，白天行军。我一听愣了，老张正在挑水，把水桶一放，木鸡似的站住了，半晌才说："老朱怎么办？"

小周在解背包，这时悄悄地坐下，也没作声，两眼只是盯着忽闪忽闪的灯火。我考虑了一下，便叫他们赶紧收拾东西，自己便到团部请示。团部表示部队立即有军事行动，不能派人等他，更不能把行动地点留下。老朱能不能回来，只有靠他自己了。我听了心情十分沉重，回来便把这情况对他们两个说了一遍。

老张眼睛定定地又出神了，小周却迅速地站起身，走到门外。这时天边已经泛白，远处零星地划过一两声枪响，有的部队已吹起了集合号。小周朝进村的小道上望着，一动不动地站了一会，直到团部吹集合哨子了才慢慢地走进来，背起背包、粮袋，又走到院里，把老朱的背包从骡背上拿下来，背在自己身上，牵起大青骡，走去集合了。老张看小周这样，又是难过，又是心疼，走上去想把老朱的背包拿过来。小周摇了一摇头，就低头走了。

部队出发了，老张和小周还是不断地回头，我心里也很难过。老朱这个人脾气的确不好，记得有一次，吃炸酱面，我看他们忙不过来，就去帮着炒酱。我一上去就把豆腐干子、酱、辣椒等一起倒下锅，炒了起来。老朱再灶下架过柴火，上来一看，唰地一下，就跟我变了脸了，跳着脚对我发火："你搞什么鬼？我们团里的同志有一半不吃辣的，你知道不知道？……"

我大小是个上级，他对我这副态度，我当时心里很生气，认为他有些不近人情。可是现在，我忽然记起他打兴华的事情来了，那时候，他还在部队里当战士，他打得十分顽强，庆功会上还谈过他的事迹，他头上那两处伤，就是那时候挂的花。

"小周，你知道老朱头上的伤疤是怎么来的？"我问。

"知道，打兴华的时候，他头上带了花，泡在水里，还坚持突击。伤还没有好透，他就又出院参加故斗了。"小周低声地回答我，眼圈红红的。

我们又都埋着头走路，谁也没说一句话。小周背了两个背包，背上堆得像个驼峰似的，牵了光背的火青骡，默默地走着，神色异常严肃。老张走在后面，手里拿了一根树枝，一边挥着骡屁股，一边不断地用手掌擦拭眼泪。

中午，部队在一个村子里大休息，团部召开了干部会议，帮助部队今后行动频繁，而且马上要投入战斗，要大家趁休息的时候，精简东西，每人的背包不得超过四斤。我回来一传达，老张拿起了秤，一个个地现称。结果老张的背包最重，老朱留下的那个次之。老张打开背包，就把一些旧衣裳，及一时用不着的东西简了。我又把老朱的背包打开，他人虽不在这里，背包还是得按照上级的规定。我代他留下一些换洗的衣服，一条被单，别的东西都堆在地上不要了。

老张站在一边，看看这件，说，"这是老朱自己买的，还没舍得狠穿，我给他留着吧！"看看那件又说："这是老朱家里带来的，我给他背着吧！"又拎起一件穿得发白的军装说："这件也给他留着吧！"他这一说，大家又想起了老朱平时那些近似古怪的习惯。原来老朱一逢到出发、打仗，他也不管要挑担，要淋雨，要拔泥，他都要穿得干净整齐，所以往往就穿得一身新。但是一到驻地，有条件可以打扮了，他却喜欢穿破的、穿旧的，自己的旧军装穿得不能再穿了，他宁可拿新的去跟人换旧的穿。这样，他才穿得舒服，使得出力。这一件来不及洗的旧军装，就是他拿新的去换来的。小周在一边看了半天，这时候走过来，索性把老朱的东西通通拾了起来，又放进老朱的背包里，说，"减我的吧。"说着就把自己的背包打开了。他的背包本来不重，没什么多余东西可减了。他看了看，就把被单、衬衣、连他最心爱的一个歌本也丢到地上。这歌本他已背了头两年了，本子的四角也都没了，挂在他嘴上的那个"月光下"的歌谱，也在这上面。一会儿，他又翻出一件单军衣，这是老张给他改过的，穿起来大小合适，样子挺好，他总舍不得穿，衣服还是新的。他拿在手里掂了掂，又偷偷地看了看老张，也悄悄地放在地上了。

他的东西不能再减了，而老朱的背包里，又实在有些东西可以不要，我说服小周，把老朱的破衣裳减掉了两件，但是老朱那个装酒的水壶，说什么小周也不肯丢掉，也只好罢了。最后，老张背着小周，悄悄地把他那个歌本和那件新军衣又拣了起来，放到自己背包里，这样一来，老张的背包又是最重的了，他只得又将自己的东西丢了两件。

下午出发，一直走到下半夜才宿营。伙房在这种情况下，照例是不睡了，一到就搞粮食，动手做早饭。早饭忙完，我早困得要命，就搭了一块门板躺下了。可老张和小周两个，还呆呆地坐着。叫他们睡，两个都说有事。唉！哪里是有事，他们分明是在等老朱。

他们不睡，我也就睡不着。三个人，你看看我，我看看你，心里越加觉得沉重。

小周一直坐在屋门口，皱着眉，在想着什么。老张只是吸烟，旱烟袋吱吱地响着，空气十分沉闷。我禁不住睡着了，谁知睡了不到一个钟头，老张像着了火似的，把我摇醒了，他气喘吁吁的，只是说："你看看，你看看……"

"看什么呀？老张？"我见他这副样子，也急了半天，他才指着小周坐过的凳子告诉我，小周不知哪里去了，他到处找也没找着，后来一个老乡说，有个小同志出村去了。老张含着泪说道："怪我，我知道他这两天尽转一个念头。要是部队现在又要出发，那怎么办呢？……"

我一听这情况，心里明白了，这小鬼这两天眼睛眨呀眨的，我知道要有事。我来不及说什么，拉过院里的大青骡，跳上去打了一巴掌，就朝昨晚来的路上飞奔。我一边赶，一边心里直冒火。这小鬼太无组织无纪律了，光顾自己感情用事，别的就不考虑。要是部队又行动了呢？要是碰上了还乡团呢？这不是白白的损失！

我拼命挟紧骡子，向前赶，奔得我浑身大汗。跑了有半个来钟头，也没看到个人影子，我倒有些犹豫起来：也许他根本没有来找老朱，倒躺在什么地方睡觉呢！停了牲口，抹了抹汗，我想回头了。出来了这一刻，说不定部队又要行动呢！正这时候，我一抬头，望见前面一个小山头上，有一个小小的黑点，好像是个人。我一挟牲口跑到山前。一看，可不是小周吗？他正坐在山头上凉快呢！我这一气，可是动了真肝火了。一边拎着牲口上了山坡，一边就大声叱道："小周，你还有纪律没有？"

小周坐在一块石头上，脸对着山那边，正抽抽噎噎地在哭，一听我的声音，就转过头来，脸上涂满了泪水，哭得越发伤心起来。

"哭！哭也不行！"我跳下牲口站在他面前，仍然大声责问道，"你还是个兵不是？就是你的问题多，一会儿闹不团结，一会儿又哭鼻子，无组织无纪律，你到底算个啥呀！"我这一说，他倒反而一头扑到我怀里，索性放声大哭起来，说道："老朱不能回来了！"

唉！这一下，我倒为难起来。要推开他吧，不像话；要搂着他吧，也不像话。我只得拍拍他的肩膀说："革命嘛！难免要有牺牲的。"好像是要证实我这句话似的，近处响了两声冷枪，小周骤然抬起头，不哭了，凝神望着山下，一动不动，仿佛那里马上会出现一个老朱，而且后面还会随着一个故人。但是山脚下除了草和树在摇动外，什么动静也没有，没有老朱，也没有敌人。小周叹了一口气说："老朱他不会不赚他几个，白白牺牲的。"小周说着，慢慢地跟我走回去。

"你不是说过，跟老朱再也搞不好了，怎么一下子那么佩服他起来了？"

"好不好都是同志嘛。"小周横了我一眼。

"要是他没牺牲又回来了，你跟他搞不搞得好呢！"

"……"小周没回答，停了一会，听他抽着鼻子又哭了。"你等等，"他忽然停住脚，翻身又跑上山顶，找了一块大山石下面的干净土，用树枝迅速地在上面画道向西向南，小周写完对我说道，"他不一定牺牲，对不对？"

"对，快走吧！要是部队突然又要行动呢？"事情的结果，竟是完全相反，倒过来我安慰他，劝他，把他好好地带了回来。幸好部队还没出发。

直到下半夜，部队才出发，走了十多里路就驻下了。前面部队已经打上了，估计在这里会住个两三天。于是一清早，我们就分头去搞草搞粮，买菜买油，正忙着，忽见老张一脸的惊喜，手里拿一个油戟子，油还直往下滴，慌慌张张地跑进来叫道："你看看，你看看……"一手指着门外。要等他说出看什么来，还不如自己看个明白，我便跑到门外一看，也不禁跳起来欢呼道："老朱回来了！"

老朱浑身污泥，仍然挑了那副担子。不过，箩筐已摔扁了，扁担也断了，用树枝绑扎着，手里紧紧地拿着伙房里的那把菜刀，头发好像在两天之内突然长了许多，脸黑了，瘦了，面颊上还带了儿点干了的泥巴，只有那对眼睛，仍炯炯有神。他站在那里呆呆地笑着，老张却给他笑得掉下了眼泪。老朱眼圈儿也红红的，但却大声说道："哭什么？这也哭，眼泪不值钱了。"

我上前正要说话，小周已从屋里一步蹿了出来，扑上去就抱住了老朱。老朱一看小周，拼命挟住了眼泪，说道："哎呀，你们让我放下担子嘛！"老张把他的担子接了过去，他才对小周说道：

"你给我留的字，我看见了。"

老张挑着担子，在一旁傻笑，喃喃地说，"你看看，你看看……"

这一下，我的心彻底放下了。老朱回来了，思想工作也没啥可做了，部队也不行动，粮草也弄好了。晚上，我痛痛快快地洗了一个澡，想回去早些睡。可是一走到伙房门口，忽听老朱在里面粗声粗气地说："不行，不行，不能什么都给他弄现成。"我一听，吓了一跳。又是什么不行了？难道又吵嘴了？我偷偷从门缝里一张，见小周已安安稳稳睡着了，老朱和老张两个人各跨坐在一条长凳上，正给小周打那种最时髦的布条草鞋呢。

"好了，好了，你只要给他起一个头就行了，要他自己也动动手。"老朱说。

"那你怎么还往下打。"老张果然停住手，笑嘻嘻地吸着旱烟说道。

"我打好这一只，给他做一个样子。"老朱大概觉得自己说得太温和了一些，于是又十分严厉地朝老张瞥了一眼，说道，"宠是宠不出好小鬼来的。"

他们正谈得热闹，我悄悄地进去，见老朱手里打的那只草鞋已快完工了，老张那一只打了一半，放在那里。我也不打搅他们，就躺下了。一会儿，他们没声音了。只听老张吱吱地吸着旱烟，老朱嘶嘶地撕着布条，嘴里轻轻地哼着："月光下，有人找你谈话——原来是你的妈妈……"

我闭着眼，细嚼着"同志"这两个字眼，想笑，但不知为什么倒滚出了眼泪。

一九六一年五月十五日修改

央金

刘克

【关于作家】

刘克（1928—2002），安徽合肥人。1949年2月加入中国人民解放军，服役二十三年；1951至1952年在重庆西南人民艺术学院戏剧系、文学系学习。1954年开始发表作品，其短篇小说集《央金》由解放军文艺出版社首次出版，其他部分作品被译成英、法、日等语言。

【关于作品】

来多伦老爷家干活的木匠扎西顿珠爱上了他家的农奴央金，试图带她逃走，脱离农奴生活，但忠于老爷的央金却不肯离开。扎西顿珠独自出走，约定两三年后来接她。央金生为扎西生了一个女儿，苦苦等待却终不见他回来。多年之后，多伦老爷做主把她嫁给了旺堆。夫妻二人在油坊里一刻也不停地做苦力，央金有时还要遭受丈夫的虐待，扎西顿珠虽然不曾回来，但他留给央金的两颗精神种子却生根发芽：一颗是对美好生活的向往，一颗是反抗的意志。终于有一天，央金策动丈夫一起逃跑，遗憾的是又被抓了回来。旺堆遭到毒打，央金带着刻骨的仇恨还击，永远地逃走了……

这个作品写出了一个农奴逐渐觉醒的精神历程：从逆来顺受，到不满现实，到出逃，再到反抗。同时，也证明了个人反抗的局限性。三年后，金珠玛米（人民解放军）开进了西藏，扎西顿珠就在队伍中。后来，央金的女儿小央金上了中央民族大学，过上了她母亲根本无法想象的幸福生活。

凡是认识央金的人，都说她是个又笨又丑的姑娘。这说法倒也有根据，因为她那扁圆的脸上总是带有几分呆滞，仿佛从来不曾有过什么欢乐，也从来不曾有过什么悲伤。不过，这也并不是绝对的，你如果仔细注视她的眼睛，那么在它那又黑又深的地方，便会发现有一种压抑和孤独的神色。

人们很少注意她，而她也很少注意周围有些什么样的人，发生了些什么样的事，一天到晚只是起早摸黑静悄悄地干活。她的活路干得很认真，很仔细，总是小心翼翼地生怕出了什么差错；可她越是这样却越是经常出乱子。多伦老爷为这个曾不止一次地皱起眉头，甚至鞭打她；但是在所有的农奴中，有谁能比得了央金那样忠实而善良呢！她从不偷懒，一年到头无所怨言、无所希求地默默劳累着。

庄子里，除了母亲，她再没有其他的亲人和朋友。听母亲说，她们是从外地逃来的，那时她还小。在这以前，父亲已经离开了家，那是由于日子太苦了：一天晚上，他疯狂地喝醉了酒，睁着布满红丝的眼睛说他要到印度去，等发了财就回来接她们。就这样，他摇摇晃晃地走了。一年又一年，每天傍晚，年轻的母亲总是抱着央金爬上高高的屋顶，遥望着尘土飘浮的路途，等待而又等待。可是，央金的父亲再也没有回来。听人说，他死在什么遥远的路上了。随着瘟疫席卷了大片的土地，于是在一个大雪铺满草原的早晨，小央金便随着满面泪痕的母亲开始到处流浪了。她们来到了这个庄子，因为灾荒过后这里正缺人手，这样她们便安定下来了。

庄子里的孩子们经常殴打和欺侮小央金，骂她是外来的"野种"，因此在她孤独的童年中，没有留下任何值得回忆的事。如今，母亲已经变成了瞎老太婆，终日坐在地上以瘦弱颤抖的手替主人摇酥油，而央金却已经长大了。她继承了母亲的青春。

央金虽然不会跳舞，也不会唱歌，可是每逢节日，当人们都穿着最好的衣裳在草地上聚会的时候，她也要稍微打扮一下：把常年裸露的手臂洗一洗，把身上唯一的一件黑色氆氇打一打，然后再弄一朵小野花插在头发上。其实，她并不去参加聚会，而是悄悄地躲在一边，从树林里向外张望。只有这时候，她才微微地抿着嘴笑了，仿佛这就是她最大的乐趣。

好像，就是今年春天吧，当她头上又插上野花时，一只粗糙的大手轻轻地按到了她的肩膀上。

"去跳跳舞吧，央金，你太苦了！"

她回过头来，一个胸脯宽阔的小伙子，以诚实而明朗的眼睛凝视着她。猛然间，她的呼吸急促了，心扑通扑通地狂跳，胆怯而恐惧地惊叫了一声，随着回转身就跑。

半夜，她缩在一个墙角里，把头抵着墙，一次又一次地重复着那句话："去跳跳舞吧，央金，你太苦了！"有生以来除了母亲，她第一次听见了别人这样尊重而关切的声音。多么陌生而又实在哪！她战栗地哭了。

在这以后不久，每当晚上厨房弥漫着烟雾，羊皮风箱呼哧呼哧拉响的时候，那个小伙子便来同她坐在一起。他们在一盏微弱摇曳的小酥油灯下，共同抓着粗糌粑，喝着带有苦味的青稞酒。平时，除了干正活，一有空他便来帮她背水、割草、打扫牲口圈以及各种活路。

小伙子名叫扎西顿珠，是个木匠，是多伦老爷雇来修新房子的。他为人老实、善良，不酗酒，也不赌博。他到过很多地方，经常给央金有声有色地讲述着各种新鲜而有趣的事情，同时唱很悲伤的歌，有好几次央金都被他唱哭了。她喜欢听他洪亮有力的声音，喜欢看他匀称起伏的宽胸脯。每当他说话时，她总是探着头，抿着嘴，又黑又深的眼睛里是那样恬静而温柔，面孔新鲜而红润，我们的央金这会儿变得异常漂亮了！

这个年轻人使她看见了厨房以外的很多事，使她对未来有了模糊的向往和憧憬。

不久，多伦老爷的新房子修好了，扎西顿珠也要走了。临走时，他带着央金一同去见主人，请求让她跟他一起走，如果必要的话，他愿意以全部工资作为抵偿。可是，主人一股劲地摇头：

"唉唉，你才有几个工钱呀？"

再三恳求都得不到允许时，扎西顿珠脸色灰白地站了起来，手紧紧地按着身上的刀柄。央金吓得直哆嗦，不敢相信他要做什么，随着连拉带扯地把他拖了出来。

"央金啦，我们逃走吧！"晚上，他对她说。

"不，不不，快别这样说……"对于逃走，她从来连想都没有想过。

"逃，逃得远远的。这里太苦了。"

"别的地方就不苦么？扎西啦，你说，别的地方就不苦么？"她惶恐地问。

"我，我不知道。但是，还是要逃！"

"老爷会把我抓回来的，他会，他一定会……"

"抓回来再逃！"小伙子倔强地说。可是央金不敢。老爷终究是老爷呀，没有老爷，这个世道还成什么世道呢？没有老爷，怎么能活下去呢？逃，能逃到哪里去呢？扎西顿珠低下了头，他什么也没说，只是异常恼怒地用刀砍倒了一棵小树。

过了几天，扎西顿珠去赶了一趟市集，回来后，他给她带来一双牛皮靴子，凄然地笑着说："央金啦，你为什么不应该有双靴子呢？"说着又塞给她五块钱，告诉她，他要走了。他一定要为自己在什么地方弄一间房子，弄很多钱，约定第二年或者第三年春天回来接她。从来不喝烈性酒的扎西顿珠，这晚上也喝了很多酒，然后摇摇晃晃地走了。

第二年春天，母亲死了，但央金却为扎西顿珠生了个女儿。她抱着她爬上高高的屋顶，遥望着尘土飘浮的路途，等待而又等待，可是，他却始终没有回来。

第三年春天，他仍旧没有回来！

人们也以同样的、好像是必然的传说告诉她：他死在什么遥远的路上了。

她噙着眼泪，陷在悲哀和怅惘中，心，被撕裂了。一切与当年的母亲都好像没有两样。可是，不，她没有让眼泪流出来。她顽强而执拗地相信，他没有死，他一定会回来接他的央金和女儿的。难道像那样善良和健壮的人也会死么？

庄子里经常有过路的流浪汉和赶骡帮的人，她一次又一次反复而唠叨地跑去问他们：可曾在什么地方见到这么一个年轻人？但回答她的不是不知道，就是不耐烦地吐口唾沫，或者善意地劝慰道："唉，多半是死了，还等他做什么呢？"一天，她在人群中问了一个背驮子的老头子，她忘记在这以前已经问过他三次了。老头子摇了摇头，叹息了一声，但随着眨巴着火红的眼睛以快乐的声音道："啊啊，叫扎西顿珠！对了，是一个长得又粗又壮的吧，结实得像条牦牛！"央金一下呆住了，半天，她才用手捂着自己的胸口，颤抖地哭起来："天哪，你见他了？你见他了？"随着便跪倒在泥地里，双手紧紧地抱住了老头子的膝盖。

"是的，见他啦，他活着。他说这趟差支得很远……"

这时，身边一个年轻人哈哈大笑道："老家伙，你胡扯什么哟！"老头子狠狠地瞪了他一眼，接着又转向央金重复着说："他活着，活着哩。不久就要回来了！"

于是，从这天起，央金便又把一朵小野花插在头发上，把新靴子从一层又一层的干草里拿出来穿上了。"是的，扎西顿珠说得对，我为什么不应该有双靴子呢？"主人以莫名其妙的惊异的眼光看着她的打扮：

"唉唉，央金！你怎么啦，打算嫁人了吗？"

她红着脸，忸怩地笑了。几年以来，她又黑又深的眼睛里重又出现了那种恬静和温柔。

可是，过了一月又一月，靴子都已经穿破了，而扎西顿珠，还是没有回来！

从这时起，央金变了，不像以前那样能干活了！她经常丢三忘四，打坏东西，青稞在锅里炒煳了，牛乳挤不干净，甚至割着草会把刀丢了。关于这些，再重的鞭子也不能对她有任何改变，多伦老爷深深地叹了口气，对她说：

"央金，嫁人吧，去嫁给油房的旺堆吧。"

就这样，她嫁给了旺堆。

临离开厨房时，她仍旧是裸着双臂，赤着双脚，穿着那件一年穿到头的黑色破氆氇，所不同的，只是身上多了扎西顿珠塞给她的那五块钱，另外，手里牵着一个名字也叫央金的小姑娘。

小油房，是在多伦老爷高大楼房的边上，每天天不亮，便从那里传出一阵清脆的小铃铛声响，这说明她和他已经爬在木架子上干活了。小铃铛钉在杵菜籽的木头上，它是聪明的主人想出来用以监督干活的标志，只要铃铛一停下，便说明干活者偷懒了。旺堆和央金都很能干，小铃铛差不多终日都在不停地响着，因此也很少听到老爷的吼声。

疲倦的日子，缓慢地流动着，就像黑色的油饼流出一股细小的黑色油液一样，它是在一根粗木棒加一块大石头压榨下流出来的。

旺堆没有宽阔的胸脯，也没有明朗的眼睛，他喝醉酒后时常殴打央金以及她的小央金，不过平时倒也很好，只知道默默无言地劳累着。他经常向央金念叨的是：再过两年，老爷就要给他（一如克又八鲁古一如克又八鲁古：藏语，衡量土地的标准单位，约合二亩）的点索地（点索地：一种工资地，实质是地主压榨农奴的一种手段）了。再过两年，老爷就要给他地了。她木然地探头听着，听着，既不厌恶也不高兴，丈夫既然这么说，想来确是应该有点儿地，为什么不应该有点儿地呢！久而久之，她也燃起了对土地的向往和憧憬。

过了两年，旺堆到老爷那里去了。可是老爷对他说："唉唉，再等两年吧，油房的活路不也很好么！"

"是，是很好！"他胆怯而畏缩地退了出来。回到低矮的小屋后，他疯狂地喝了很多酒，随着便揪起央金狠命地踢打。她既不哭喊也不反抗，更不求饶，任他打着。晚上，她缓慢地站起来，捂着散乱的头发平静地对丈夫说道：

"走吧，旺堆啦，我们走得远远的！扎西顿珠说对了，应该走！为什么不应该走呢！"

"逃走？"他吃惊地看着她，猛然间惶恐而迷惑了。停了一会儿，他才尖声吼叫道，"你胡说，胡说！再过两年，老爷一定会给我们地的！"

央金再没有说什么。但过了几天，在一个漆黑的夜里，她突然牵来了两匹马，马是多伦老爷的。她把小央金抱上马，然后提着一皮袋糌粑走到旺堆面前，祈求地小声道：

"走吧，旺堆啦！"

他惊恐地跳起来，迎面就是一拳，央金跟跄地跌倒了，但不一会儿，她脸上带着冷静而执拗的神色又战栗地重新走到了他的面前，旺堆犹豫地深深叹了口气。

第二天早晨，小油房死一般寂静，那清脆的铃铛声再也没有了。很快地，多伦老爷狂驰的马蹄声响了起来……

第三天早晨，旺堆在一个光秃的土坡上忽然听见了后面愤怒的喊叫。他犹疑地勒住了马，随着，老爷的鞭子便在他的身上呼啸起来——一下，两下，三下，当老爷第四次把鞭子扬过头顶时，啪的一声，老爷的面颊上挨了一记响亮的鞭打。在他面前立着的，是一个又脏又瘦的女人，扁圆的脸上呆滞而又死板，可是在那又黑又深的眼睛里，却闪动着一种可怕的仇恨的火焰。

多伦老爷捂着火辣辣的面颊，恐怖地哆嗦了一下，刹那间他弄不清在他面前到底发生了什么事情，但紧接着便痉挛地吼叫道：

"抓起来！"

回来后不久，并没有等到两年，果然旺堆有了一如克又八鲁古的地。可是央金，却再也没有人看见她了。

一年，两年，又是第三年的春天，人们的谈话中开始出现了金珠玛米（金珠玛米：指人民解放军，原意是打开锁链的兵）这样的新名词。不久，庄子里也就真的来了金珠玛米。一天，在尘土飘浮的大路上驰来了一个金珠玛米的本部（本部：即官长），他有着宽阔的胸脯，明朗的眼睛，来到庄子里第一句话便是：

"央金在哪里？"

小央金跑出来看时，他已经走远了。

一年，两年，又是第三年的春天，在北京中央民族学院里，一个叫央金的年轻姑娘以五元银元缴了中国共产党的党费，这便是十几年前她的母亲留给她的唯一的遗产。

一九五七年十一月一日于北京